DAVID DUCHOVNY

Heilige Kuh

Roman

Aus dem Amerikanischen von Timur Vermes

HEYNE <

Die Originalausgabe erschien unter dem Titel
HOLY COW bei Farrar, Straus and Giroux, New York

MIX
Papier aus verantwortungsvollen Quellen
FSC® C014496
FSC
www.fsc.org

Verlagsgruppe Random House FSC® N001967
Das für dieses Buch verwendete
FSC®-zertifizierte Papier *Munken Premium*
liefert Arctic Paper Munkedals AB, Schweden.

Printed in Germany
Redaktion: Kristof Kurz
Umschlaggestaltung: Nele Schütz Design, München,
unter Verwendung des Originalumschlags von Abby Kagan
Illustrationen: Natalya Balnova
Herstellung: Helga Schörnig
Satz: Leingärtner, Nabburg
Druck und Bindung: GGP Media GmbH, Pößneck
ISBN: 978-3-453-26989-7

www.heyne.de

Für West und Miller

Und Blue und George und Black
und Joe und Patty und Delilah

So groß nun auch nichtsdestoweniger die Verschiedenheit an Geist zwischen dem Menschen und den höheren Thieren sein mag, so ist sie doch sicher nur eine Verschiedenheit des Grads und nicht der Art.

Charles Darwin

1

Ein bisschen was zu mir

Die meisten Leute glauben, dass Kühe nicht denken können.

Hal*lo?*

Lasst mich das anders sagen: Die meisten Leute glauben, dass Kühe nicht denken können und keine Gefühle haben.

Hal*lo-ho!* Ich *bin* eine Kuh.

Ich heiße Elsie, ja, ihr braucht gar nicht so zu stieren.

Seht ihr?

Wir können denken, fühlen *und* Witze machen, wenigstens die meisten von uns. Okay, meine Großtante Elsie, nach der ich getauft worden bin, die hat keinen Sinn für Humor. Gar keinen. Null. Die mag nicht mal Witze, in denen Menschen sich blöd anstellen. Wie der eine, wo zwei Menschen in eine Scheune gehen … nee, halt, ich glaube, so viel Zeit haben wir hier nicht, ich kann da nicht rumtexten. Ich wollte ja nur einige Sachen klarstellen, nämlich … na, dings.

Genau! Ihr wundert euch vielleicht, wie ich schreibe, so ohne Finger. Ich kann ja keinen Stift halten, und ich hab's echt probiert. Sah scheiße aus. Bis man überhaupt erst mal einen Stift findet, gibt ja nur noch Computer.

Und obwohl wir Kühe denken können und fühlen und total lustig sind, können wir nicht reden. Nicht mit Menschen, wenigstens.

Wir haben das, was bei euch früher mal »mündliche Überlieferung« geheißen hat. Wir geben Geschichten und Wissen von Mutterkuh zu Tochterkalb weiter, von Generation zu Generation. Ungefähr so, wie ihr das ganze Odysseuszeugs überliefert gekriegt habt und die Geschichten von Troja und all das. Gesungen werden sie bei uns auch, also ziemlich genau wie bei Homer.

Hoppla. Sorry.

Ich wollte hier nicht mit großen Namen um mich werfen. Aber wo's schon passiert ist, könnt ihr ja ruhig mal versuchen, den aufzufangen.

Ich warte so lange.

Alle Tiere sprechen untereinander in einer Art gegrunztem, gepfiffenem, gebelltem, gequiektem Tieresperanto: Löwe und Lamm, Vogel und Hund, Elch und Katz – obwohl, mal ehrlich, wer hat schon Bock auf ein längeres Gespräch mit einer Katze? Die halten sich ja immer für was Besseres.

Aber wir haben im Tierreich keine Wörters oder Sprache.

Ja, ich weiß, dass es »Wörter« heißt!

Das war Absicht!

Damit's klar wird, dass wir keine Sprache haben! Ich bin nämlich *kein* Beuteltier. Beuteltiere, weiß man, haben keinen Schimmer von Grammatik. Schon mal versucht, mit einem Känguru zu reden? Du verstehst kein Wort, selbst wenn du mit ihrem Dialekt klarkommst. Und worüber Fische reden, weiß schon mal gar keiner.

Aber ich kaue euch schon wieder ein Ohr ab. Das ist extrem kuhig von mir. Abkauen und verdauen. Letztlich ist das unser Job. Wir Kühe sind Wiederkäuer, und darum haben wir jede Menge Zeit. Wir stehen rum, wir essen, wir quatschen, dazwischen finden wir mal ein bisschen Lecksalz. Und alles ist gut.

Oder wenigstens war alles gut, bis vor ungefähr zwei Jahren. Da hat die ganze Geschichte angefangen. Bis dahin war mein Leben idyllisch. Ich bin auf einer kleinen Farm zur Welt gekommen, in Amerika, im Norden von New York. Wir Bovarys wohnen da schon immer. Meine Mutter und die Mutter von meiner Mutter und von ihrer Mutter der Mutter die Mutter und so. Die Väter lassen sich in Kuhfamilien nur selten sehen. Mein Vater Ferdinand hat öfter mal bei uns vorbeigeschaut, das weiß ich, weil ich so vermutlich zu meinen Brüdern und Schwestern gekommen bin. Aber meist sind bei uns die Jungs von den Mädels getrennt. Dann schauen sie immer zu uns rüber, von hinter ihrem Zaun. Das ist manchmal echt ein bisschen gruselig. Als wären Jungs ganz anders als wir, aber ich misch mich da nicht ein. Wenn ich in den letzten zwei Jahren was gelernt habe, dann: Halt dich raus. Was ich damit nur sagen will: Seit den Anfängen der Zivilisation sind Jungs und Mädels getrennt gehalten worden, also erwarten wir auch gar nichts anderes. Ich kenne es nur so, deshalb steh ich auch nicht rum und wünsche mir »ach, wär mein Vater doch hier« oder so 'n Quatsch.

Menschen mögen uns.

Jedenfalls habe ich das gedacht, wir alle haben das gedacht. Sie mögen unsere Milch.

Also, persönlich halte ich das ja für ein bisschen krank, dass man die Milch von anderen Tieren trinkt. Ihr werdet jedenfalls nie sehen, dass ich zu irgendeiner Menschenfrau hingehe, die gerade gekalbt hat, und sie frage: »Ey, kann ich auch mal 'n Schluck?« Krank, stimmt's? Geht gar nicht. Irgendwie fies. Aber deshalb mögt ihr uns.

Die gute alte Milch.

Latte!

Na, ich sag mal so: Jeder, wie er meint. Und jedes Mädel bei uns weiß, dass uns später mal der Farmer jeden Morgen melken wird. Was ziemlich entspannend ist, weil wir richtig ballonmäßig werden, und dann kann sich das total gut anfühlen nach so'm Klassemelken, wenn man wieder eine Spitzensilhouette hat. Slimline.

Es ist uns nämlich *nicht* egal, wie wir aussehen.

Und es nervt total, dass ihr, wenn ihr eine zu dick findet, »Kuh« zu ihr sagt. Und Schweine sind übrigens auch nicht superhappy über die ganze »Du Schwein!«- und »Du Sau!«-Schiene, und Hühner kotzt das auch an mit den Bemerkungen über die »Hühnerbeine« von Frauen (was ich aber eigentlich ganz fair finde, weil Hähne echt die übelsten Wadenbeißer sind, die Gott je gemacht hat, ever).

Oh ja, wir glauben an Gott. In Kuhform.

Ätsch! Stimmt gar nicht!

Hat euch trotzdem geschockt, was? Aber wir glauben, dass Etwas all die Etwasse auf der Welt gemacht hat. Die ganzen Tiere und Mikroorganismen und Pflanzen und Felsen und Seelen. Und ob dieser Schöpfer aussieht wie eine Kuh oder ein Schwein oder eine Person oder eine Amöbe oder Jerry Garcia, das ist uns echt egal. Wir glauben nur, dass es da eine Kraft gibt, die für das Leben und die Schöpfung zuständig ist, irgendwo da draußen. Von dem, was die Menschen sich so vorstellen, kommt da noch am ehesten »Mutter Natur« hin, aber nur ganz, ganz ungefähr. Und bei uns ist das nicht nur so ein Glaubensding, wir *wissen* es einfach. Ganz tief in uns, bis in die Knochen und die unserer Vorfahren in ihrer ewigen Ruhe irgendwo auf dem Feld von Old MacDonald.

Oh Mann, da kau ich euch schon wieder was vor! Aber ihr müsst euch wohl dran gewöhnen. Dieser Homer war auch ein ganz schöner Schwaller, oder? Also, dann mach ich's natürlich auch so. Aber bevor ich erzähle, was passiert ist, lasst mich noch kurz auf die Vorgeschichte eingehen. Wie mein Leben war, also: vor Dem Ereignis. So nenne ich es: »Das Ereignis« oder »Die Offenbarung« oder »Der Tag, als uns der Fladen um die Ohren flog«. Lasst mich mal das Ganze ausmalen. Dass ihr eine Vorstellung davon kriegt.

Das Leben auf einer Farm ist ziemlich lässig. Ich bin viel auf der Weide, häng mit meinen besten Freundinnen ab, von drüben gucken die Jungs. Das Gras ist grün auf unserer Seite, hat meine Mom immer gesagt. Sie war eine Klassemom, aber eines Tages ist sie verschwunden, wie das alle Kuhmütter so machen. Wir haben gelernt, damit klarzukommen. Eine Mutter hat man nicht für immer, und auch wenn sie einfach so geht, nachdem sie dich aufgezogen hat, ohne »Tschö« und alles, dann heißt das nicht, dass sie dich nicht lieb hat.

Selbst wenn ich weiß, dass das halt so ist und schon immer so war, muss ich manchmal ein bisschen weinen, wenn ich an meine Mom denke.

Sie war schön, mit großen braunen Augen und einem echt fiesen Sinn für Humor. Sie hat sich nie von mir entfernt, bis sie eines Tages eben doch weg war. Aber dazu komm ich noch.

Lasst mich noch einen Augenblick an meine Mom denken. Gefühle kommen und gehen, außer wenn man sie nicht ganz zu Ende ausfühlt. Dann bleiben sie und tun weh und werden total krank und gruselig. Deshalb: Wenn wir Kühe Gefühle haben, dann fühlen wir sie, und zwar so lange, *bis* sie vorbei sind.

Dann käut das Leben weiter.

Volltreffer! Spitzenwitz aus dem Nix, sag ich.

Ich sehe meine Kindheit durch die grasgrüne Brille der Nostalgie. Alles scheint so weit weg und so vollkommen. Jeder Tag voll Sonnenschein, sogar die verregneten. Wir hatten Gras und Futter und einen Platz zum Schlafen und gute Freunde, und dauernd war irgendwas los mit den anderen Tieren, aber nie etwas wirklich Schlimmes. Die Rangordnung auf einer Farm ist ziemlich locker. Ich weiß nicht, ob man so was Demokratie nennt, ich glaube, »Leben und leben lassen« kommt eher hin. Jedenfalls solange keine Hühner in der Gegend sind, dann garantiere ich für nichts mehr. Ich weiß nicht, ob ihr *Farm der Tiere* gelesen habt. Scheint so, als ob das alle menschlichen Kinder lesen müssen, ich persönlich bevorzuge ja *Wilbur und Charlotte,* obwohl Spinnen heikel sein können – sagt man ja auch so: »Die spinnt doch!« (Und acht Beine? Hallo? Zwei oder vier sind korrekt, das weiß jeder. Fünf vielleicht auch noch, okay. Aber acht ist echt schon verzweifelt oder wahllos, vielleicht sogar maßlos. Seht ihr auch so, nicht wahr?)

Egal, eine normale Farm ist jedenfalls gar nicht wie die Farm in *Farm der Tiere*, auf einer Farm gibt's keine Bosse, da sind wir alle Boss, und hier ist das so eine Art Weiberherrschaft, den Laden schmeißen die Ladys, und kein Hahn kräht danach, was die dummen Hähne quatschen. Bei uns Kühen gibt's ein Sprichwort: Steig mir nicht aufs Euter, und ich steig nicht auf deins.

Und das servieren wir dann mit viel Liebe.

Tierischer Liebe. Wahrer Liebe.

Ja, wir töten, um zu überleben, einige von uns müssen das, aber das ist nicht so ein Töten, wie es die Menschen machen, da gibt's keinen Hass oder Spaß dabei, das ist die reine Notwendigkeit. Wir sind keine rosa Traumtrullas, wir verstehen den Fuchs, der die Eier klaut, und den Falken, der sich ein Ferkel holt und zu einem unschönen Tod in der Luft verdammt. So ist es halt.

Ich *danke* dem Gras, das ich kaue.

Glaubt ihr, Pflanzen haben keine Gefühle? Vielleicht keine von der Sorte wie ihr oder ich, aber die haben eben pflanzige Gefühle, die sich ganz langsam entwickeln, über Jahre statt Sekunden.

Für eine Kuh ist die Erde eine einzige große Gefühlswelt. Und die geht so:

Montag

SONNENAUFGANG: gemolken werden. Du hast Glück, wenn's der mittlere Sohn macht oder der jüngste, der älteste ist extrem grob. Der hat einfach keine Lust. Ich hab's begriffen, Typ, es ist dir echt zu früh am Tag, aber trotzdem – reiß dich doch mal zusammen!

»Die Weide ist, wo das Leben abgeht!«

Nach dem melken: Das Tor geht auf, und wir spazieren auf die Weide, wo wir den größten Teil des Tages verbringen. Essen, kauen, reden, tuscheln, so was. Die Weide ist, wo das Leben abgeht! Süßes grünes Gras und noch süßeres Alfalfaheu.

Spätnachmittag: Zurück in den großen Stall. Nochmal gemolken werden, und dann, wenn die Sonne untergeht, gehen wir üblicherweise schlafen. Wir sind eins mit den Rhythmen der Erde und so. Als meine Mom noch da war, hat sie mir immer Geschichten erzählt. Ich mochte die am liebsten, in denen sich Menschen wie Tiere benehmen. Meine Mom konnte echt gut erzählen, und ich bin immer dabei eingeschlafen. Ihre Stimme klang wie der sanfte Wind in den Bäumen oder ein Bach, der über Steine plätschert.

Tja, und dann Dienstag, Mittwoch, Donnerstag, Freitag, Samstag und Sonntag genau dasselbe. Ganz einfach, stimmt's? Aufwachen, melken, essen, Tag auf der Weide, melken, Geschichte, pennen. Das hat mir gereicht, ich wollte nie mehr. Ich wollte nie woanders leben, und ich wollte dasselbe für meine Töchter und deren Töchter, für immer und ewig, auch wenn ich mir nie vorstellen konnte, dass ich sie eines Tages einfach so verlassen würde, wie meine Mom mich verlassen hat.

Das heißt, bis zu Dem Ereignis.

Dem Tag, an dem die Erde stillstand.

Dem Fladen-um-die-Ohren-Ding.

Dann verstand ich alles, sogar meine Mom. Und obwohl

dieses Wissen mir wehgetan hat, führte es zu Vergebung und Verständnis, und ich würde es für nichts auf der Welt wieder hergeben. Unwissenheit ist ja ganz nett, aber die Welt bietet uns mehr, und es ist falsch, das nicht anzunehmen.

Du kannst nicht für immer Kalb bleiben.

Wir haben's beinahe geschafft. Seid ihr schon genervt von dem ganzen Vorgerede? Keine Lust mehr? Das ist eben das Problem mit euch krazy Kids und euren Videospielen – keine Geduld. Tja, Kuhzeit vergeht eben langsam, und ich lass mich nicht hetzen. Ich muss zur Arbeit und dann schlafen, ich schlafe gern. Dann gibt's Das Ereignis.

2

Eine Milchmärchenrechnung

Okay, da bin ich wieder. Gehen wir's an. Ich habe euch hoffentlich ein gutes Szenenbild gemalt, wie es so auf einer Farm läuft, in dieser Leben-und-leben-lassen-Art. Wir stellen hier den Menschen Dienstleistungen zur Verfügung und kriegen dafür im Gegenzug Futter, Schutz und Sicherheit. So sehen wir das, und nur damit das klar ist: Wir haben nicht darum gebeten, hier sein zu dürfen. Wusstet ihr, dass Kühe ursprünglich gar nicht aus Nordamerika kommen? Ist so. Meine Vorfahren, meine Urururururururundsoweitergroßmutter kam irgendwo aus einer Gegend, die Menschen »Naher Osten« nennen. Dort hat uns der Schöpfer erschaffen und zuerst auf die Hufe gestellt. Sie nannten es das Land, wo Milch und Honig fließen. Tja, und jetzt ratet mal, wer die Milch geliefert hat?

Obwohl ich gehört habe, dass Menschen angeblich auch Ziegen melken sollen. Aber das glaub ich nicht. Ich lass mich doch nicht verarschen. Ich will hier ja niemandem zu nahe treten, aber Ziegenmilch kann mit Kuhmilch niemals mithalten, außer man ist eine kleine Ziege. Habt ihr jemals gesehen, wie eine Kuh Milch von einer Ziege trinkt? Keine weiteren Fragen, Euer Ehren!

Neuerdings gibt's sogar noch mehr Gerüchte, dass die

Menschen auch ganz andere Sachen melken, irgend so was wie »Mandeln« oder »Soja«. Ich gebe zu, ich habe nie eine wilde Mandel gesehen oder eine Soja, wie sie in ihrer natürlichen Umgebung über die Prärie galoppieren, aber Kuhmilch ist die beste. Darauf wette ich drei meiner vier Mägen.

Ich bin natürlich befangen, wie auch nicht? Vorurteile sorgen dafür, dass die Welt sich dreht, wenn auch manchmal etwas zu schnell. Jetzt schweife ich schon wieder ab. Aber vielleicht ist dieses Abkommen vom Weg gar kein Umweg, vielleicht ist die kürzeste Verbindung zwischen zwei Punkten im Hirn gar keine Gerade.

Kaut da mal ein bisschen drüber nach!

So, da bin ich also, drei Jahre alt. Mom ist werweißwo, aber mir geht's gut. Ich lebe mein Leben und freue mich schon auf eigene Kinder. Ich schaue sogar manchmal über den Zaun, zu den Bullen rüber, und denke mir: »Gar nicht mal so schlecht!« Ich hätte nie gedacht, dass ich mal so was sagen würde, aber ungefähr so war das damals, und das hat mich mehr oder weniger dahin gebracht, wo ich heute stehe.

Eines Tages tuschle ich mit meiner besten Freundin Mallory. Mallory sieht echt spitzenmäßig aus, die könnte sofort modeln, ehrlich! Sie könnte die Kuh auf dem Milchkarton sein. So, und ab jetzt schreib ich in Dialogform, aber das ist trotzdem nicht wörtlich, nur ungefähr und aus der Erinnerung. Ich bin kein Diktiergerät. Ich bin auch kein Elefant, obwohl einige meiner besten Freunde Elefanten sind. Supercoole Säuger! Gute Typen. So, und jetzt kommt's.

Mallory

Du-uh? Elsie? Du, ich weiß nicht, irgendwie will ich auf einmal voll mit den Bullen abhängen. Ich weiß gar nicht, was mit mir los ist!

Elsie (Das bin ich)

Mmmh. Ich weiß. Geht mir genauso.

Mallory

Ich versteh gar nicht, was da abgeht! Ich mein, wenn Frank, der Jungbulle, wenn der so rumstampft und dann auch noch so abschnaubt, das fühlt sich total komisch an. Dann macht mir nicht mal mehr seine verrotzte Nase was aus!

Elsie

Genau, mir auch nicht! Ich glaub, meine Mom hat mir mal was darüber erzählt, aber nur ganz ungefähr. Sie hat gesagt, dass irgendwann der Tag kommt, wo die interessanten Sachen total langweilig sind. Und die langweiligen Sachen, die sind dann auf einmal to-tal interessant!

Mallory

Deine Mom war echt so cool. Wo ist sie hin?

Elsie

Mmweißnich. Da, wo auch deine Mom hin ist.

Mallory

Wahrscheinlich.

Elsie

Ist dir das auch aufgefallen? Der älteste Sohn vergisst manchmal, nach dem Melken das Gatter zu schließen. Wenn er es nächstes Mal wieder vergisst – warum gehen wir dann nicht einfach rüber und reden mit den Bullen?

Mallory

Aber der Farmer wird uns sehen!

Elsie

Wir machen's nachts!

Mallory

Du bist sooo clever! Die Nacht hat die Macht. Hoppla, wo kam jetzt das her?

Elsie

Reime? Ich kenn dich gar nicht mehr!

Mallory

Ich mich auch nicht! Ich bin schon voll am Abspacken. Oh, guck doch, schau, was Frank grade macht! Oder ist das Steve?

Elsie

Das ist Steve.

Mallory

O Mann, klar, schau, wie er stampft. Und schnaubt. Ist der cool! Guter alter Steve.

Elsie

Ich dachte, du stehst auf Frank?

Mallory

Genau. Frank ist der Hammer. Ach, irgendwie mag ich die alle.

Und dann hatten wir eine ernsthafte Bullen-Besprechung, wir haben zwanzig Minuten nur über Bullen gequatscht, aber ich sage jetzt nicht genau, was. Das ist nämlich privat, und ich habe auch Mallory noch gar nicht gefragt, ob sie in meiner Geschichte überhaupt auftauchen will. Meine Verlegerin sagt, dass sie da eine Einwilligung geben muss. Deshalb ist Mallory auch nicht ihr richtiger Name.

In echt ist der aber mal so was von anders!

Und habt ihr gesehen, dass die ganze Szene in Drehbuchform geschrieben ist? Das findet meine Verlegerin super. Wenn die großen Hollywoodproduzenten das sehen, denken sie: Prima, das dreht sich ja wie von selbst.

Und dann haben wir gewartet. Und gewartet. Praktisch ewig. Der älteste Sohn, der mit den Pickeln und dem Handy, der hat auf einmal ganz auf sorgfältig gemacht mit dem Tor, aber ich habe genau gewusst, das hält der nicht durch. Menschen sind ganz leicht abzulenken, grade die mit den Handys.

Die haben zu den Teilen irgendwie eine ganz unnatürliche, kranke Beziehung.

Mir ist das ja egal, aber es ist krank.

Okay, vielleicht ist es mir auch nicht egal.

Jedenfalls wusste ich, was ich zu tun hatte. Alles war nur eine Frage der Zeit.

3

Das Ereignis
(Eigentlich: Das Vorprogramm)

Letztlich hat es dann geklappt, weil ich die Sache gedeichselt habe. Der Älteste hat mich gemolken*. Unsanft, sage ich mal. Okay, ich bin keine Petze, ich will jetzt hier auch nicht groß die Abrechnung machen, aber manchmal muss man die Dinge einfach beim Namen nennen. Ich meine, der Typ war echt grob mit meinen Zitzen. Und außerdem war er dauernd mit dem Daumen auf seinem Handy am Rummachen und komplett abgelenkt, während er an mir rumfuhrwerkte. Inzwischen weiß ich, dass das »Simsen« heißt und dass das so eine Sache ist, mit der sich Leute gegenseitig Schwachsinn über ihren

* Vielleicht wundert ihr euch, dass eine Kuh Milch gibt, so ganz ohne Kalb. Wo gibt's denn so was? Das kann ich euch sagen: in Hollywood. Produzenten lieben nämlich nicht nur Szenen in Drehbuchform. Sie mögen es auch, wenn alles so ist, wie sie sich das vorstellen. Und in ihrer Vorstellung kommt aus richtigen Kühen immer Milch. »Wenn du keine Milch gibst«, sagt meine Verlegerin, »dann nehmen die dir nie ab, dass du eine echte Kuh bist. Dann brauchen wir das Buch gar nicht zu drucken.«

Also gut. Wenn's denn sein muss: Milch marsch. Aber falls ihr mal auf eine richtige Farm kommt, denkt dran – es ist nicht alles wie im Kino.

Tag erzählen. Schau mal, ein Foto von meinem Mittagessen mit einer superlustigen Du-schmeißt-dich-weg-Textzeile. Oh, ein Bild von mir, wie ich ein blödes Gesicht mache, und noch eins, wie ich auch ein blödes Gesicht mache, aber anders. »Selfies« heißen diese Bilder, und das trifft's genau, weil: Einerseits schickt man Bilder an andere, aber letztlich sind es immer nur Bilder von einem selber. Vielleicht nennen sie es auch deshalb »iPhone«. Mit einem »i« wie in ich, ich, ich, und nur darum geht es ihnen ja. Als würden sie nur reden, um sich reden zu hören. Warum unterhalten die sich nicht wie normale Tiere? Na ja, an den Menschen verstehe ich vieles nicht.

Okay, er jedenfalls dauernd am Tippen, und dann macht er ein Foto von mir und lacht und drückt auf »Senden«, und das hat richtig, richtig genervt, und genau in dem Moment schlage ich mal eben so mit dem rechten Hinterbein aus, also jetzt nicht volle Kanne, nur so, dass er sein Handy fallen lässt. Aber um die Sache richtig vorzubereiten, musste ich noch ordentlich abfladen. Das ist überhaupt eine der größten Sachen im Leben, abfladen, während dich grad einer melkt, probiert's mal aus! Ich flade also mächtig ab, und dann schlage ich ein bisschen aus, und er versenkt sein Handy ins Dunkelbraune.

Ich weiß, ihr glaubt, Kuhfladen sind eklig oder irgendwas, mit dem man Pipikackawitze macht, aber für uns *ist* ein Fladen einfach nur. Punkt. Noch so eine Sache, bei der ich Menschen nicht begreife: wie eklig sie Kacke finden, sogar ihre eigene. Einerseits wollen sie so wenig wie möglich damit zu tun haben, und sobald sie in unsere treten, fluchen sie und wischen sich hysterisch die

Schuhe ab. Aber andererseits finden sie Kacke total lustig, und wenn sie sich Witze erzählen, kommt sie praktisch dauernd drin vor. Das ist zu hoch für mich, echt, es ist nur Kacke. Kacke und Fürze. Hm? Das ist jetzt irgendwie kein schönes Thema, findet ihr? Pech für euch. Wir alle machen's. Dauernd. Keine große Sache. Kackikackkack, furzifurzfurz, furziöse Kackophonie, macht euch mal locker.

Alles klar?

Und hört auf, mir und meinen Gasen die Schuld an eurer Klimaerwärmung anzuhängen. Ich kann nicht mal Auto fahren. Also, können wir weitermachen?

Okay, also sein Handy fällt – zack! – in die Kack. Habt ihr schon mal eine Kuh lachen sehen? Nee, oder? Das ist, weil wir das immer ganz versteckt machen, so wie die Japanerinnen. Ich habe mich weggedreht und gelacht, aber ich habe natürlich so getan, als hätte ich was im Hals und müsste furchtbar husten. War der sauer! Er hat mir sogar auf den Hintern geklatscht, hat aber gar nicht wehgetan. Ihr Menschen seid ja doch eher schwächlich. Na ja, und dann muss er sein heiliges Handy aus meinem Kackhaufen wühlen. Man sollte eigentlich meinen, dass die Leute da, wo sie schon nicht gerne reintreten, noch weniger mit den Fingern reinfassen wollen, aber er musste ja, weil: es ist Sankt Handy. Wenn Sankt Handy von einem Hai verschluckt wird, dann muss er natürlich auch in den Hai. Wenn Sankt Handy in einen Vulkan fällt – hinterher! Das ist wichtiger als alles andere auf der Welt.

Sankt Handy steckt also mit dem unteren Viertel in meinem Fladen. Aufrecht, und der Typ muss das Problem jetzt irgendwie lösen. Er bückt sich und zieht es ganz zaghaft raus, ungefähr so, wie der kleine König Arthur sein Schwert aus dem Felsen zieht. Und dann wischt er es an mir ab, weil er so sauer ist. Als Strafe oder so, dabei ist mir das doch schnurz. Ist doch meine eigene Kacke. Er brummelt irgendwas in seinen nicht vorhandenen Bart und nimmt den Milcheimer und stampft aus dem Stallgebäude. Und?

Vergisst das Gatter zuzumachen. :)

Das bedeutet doch »lächel«, wenn man's tippt, oder? Und genauso sitze ich hier und lächle. Ich wünschte, man könnte auch ein Kuhsmiley machen, aber das geht nicht auf der Tastatur.

:(

Trotzdem. :)

4

Das offene Gatter

Gefällt euch das? Kapitelüberschriften und so Sachen? Das mach ich schon die ganze Zeit so, vom Start weg! Ganz schön aufwendig, ich weiß, aber es soll ja richtig nach was aussehen.

Das offene Gatter bedeutet, dass Mallory und ich rausschleichen können, wenn's dunkel wird, und dann können wir überallhin, wohin wir wollen. Zu den Bullen, zum Fußball, überall. Das Gatter eröffnet uns eine ganz neue Welt. Mallory und ich sind soooo aufgeregt. Besonders sie. Weil sie Frank treffen wird, oder Steve oder Dino oder sonst wen.

Ihr habt garantiert schon gemerkt, dass eine unserer ganz großen Stärken unsere langen, unglaublich dicken, üppigen Wimpern sind. Menschenfrauen würden für solche Wimpern sterben. Kommt schon, das könnt ihr ruhig zugeben. Jede Art, überhaupt jeder, hat ein, zwei Stärken. Und bei uns sind das eben die Traumwimpern.

Mallory ist also in ihrer Box und trägt Kuhmascara auf, damit ihre Wimpern noch schöner werden und – wie ich mal annehme – damit ihr Frank überhaupt nicht mehr widerstehen kann. Oder Steve oder in wen sie grade verknallt ist. Kuhmascara macht man im Wesentlichen aus gutem, sauberem Dreck, den man mit etwas Wasser verrührt. Dann steckt man sein Gesicht rein und schüttelt den Kopf. Wenn man Glück hat, klebt dann mehr Dreck an den Wimpern und nicht so viel um den Mund rum, das wäre nämlich kein guter Look. Mallory macht das also, und dann bin ich so freundlich und lecke ihr das Gesicht ab, damit nicht zu viel Dreck dran ist. Sie sieht toll aus. Der reinste Augenzauber. Kein Zweifel, Frank oder Steve halten sie bestimmt für die schönste Kuh der Welt. Mich macht eher ganz kribbelig, überhaupt durch das Gatter zu gehen. Ich meine, klar, ich mag die Bullen schon auch, aber irgendwie auch nicht so, ich hab auch ein bisschen Angst vor ihnen, und ehrlich, mir geht's vor allem nur ums Abenteuer. Ich bin halt mehr so die Abenteuerkuh.

Mallory und ich kriegen uns kaum noch ein vor lauter Aufregung. Der Tag krabbelt zögerlich dahin wie ein Menschenbaby. Als hätte die Sonne plötzlich beschlossen, keinen Schritt mehr weiterzuziehen; sie hängt einfach nur da. Und es ist so schwer, keinem was von unserem Plan zu erzählen, aber wir wissen genau, wenn wir das tun, dann machen wir womöglich alles kaputt. Dann bemerke ich, dass mich dieses eine Schwein so komisch anguckt, es hat den Kopf schief gelegt und lächelt ein bisschen. Das Schwein heißt Jerry. Und ich sag: »Was' los? Noch nie 'ne Kuh gesehen?« Und dann ganz locker hinterher: »Mach 'n Foto, Schätzchen, da haste länger was davon!« Und er dreht sich weg. Genau so muss man mit Schweinen umgehen, knallhart, direkt auf die Zwölf, weil, die sind unglaublich gut im Um-die-Ecke-Denken und cleverer, als es gut für sie ist. Die muss man psychomäßig austricksen.

Die denken einfach zu viel, und deshalb kriegen sie bei einem direkten Treffer einen Kurzschluss und werden müde und müssen dringend eine Runde schlafen. Und genau das hat Jerry gemacht. Als hätte ich ihm so einen brainmäßigen Karatebetäubungsschlag verpasst. Erledigt. Ich bin manchmal wie ein richtiger Jedi-Ritter.

Endlich sickert die Sonne dann doch mal langsam im Westen in den Horizont. Das ist womöglich meine liebste Tageszeit. Dämmerung. Sonnenuntergang. Mag ich. Die Nacht war nicht mehr weit, und mit der Nacht auch ein Abenteuer, das mein Leben für immer verändern würde.

5

Die andere Seite des Gatters

Habt ihr das gesehen? Ich hab an einer romantischen Stelle aufgehört, die aber total spannend ist! Und wieder eine Kapitelüberschrift! Da könnt ihr eine kleine Pause einlegen, ihr macht vielleicht ein Eselsohr oben an die Seite, ihr holt euch was zu essen, und wenn ihr wieder da seid, seid ihr wegen der Kapitelüberschrift sofort zurück in der Geschichte. Superschlau, wie ein Jedi-Ritter, sag ich doch! Aber mal ehrlich, ich denke die ganze Zeit nur daran, dass ihr es schön bequem habt und euch gut unterhaltet. :)

Die Nacht war ganz hübsch mondlos. Sie war ganz hübsch, und sie war mondlos, also war sie ganz hübsch mondlos. Und fast stockdunkel, was gut war für Mallory und mich, weil wir so schwerer zu sehen waren. Wir mussten eine Ewigkeit warten, bis alle anderen Tiere im großen Stall eingeschlafen waren und die Hunde mit dem Herumschnüffeln aufhörten. Versteht mich nicht falsch, Hunde sind in Ordnung, auch wenn die Mädels bei denen irgendwie alle Bitches sind, aber weil sie die meiste Zeit im Haus schlafen dürfen und man sie für gezähmt hält und den besten Freund des Menschen und den ganzen Quatsch, meinen sie, sie wären was Besseres und glauben, sie machen immer alles richtig, weil sie ja für den Boss arbeiten, für den Farmer. Eigentlich tun sie mir ein bisschen leid, weil sie irgendwo mittendrin sind, weder richtig Tier noch richtig Mensch, so ein Zwischending aus Wolf und Mensch, wild und zivilisiert, und das muss manchmal ziemlich verwirrend sein und traurig. Wie Blumenkohl, nicht recht Blume, nicht recht Gemüse. Hunde sind der Blumenkohl des Tierreichs.

Die zwei Hunde auf unserer Farm heißen Will und Grace, zwei Border Collies. Wie schon gesagt, clever und eingebildet. Will und Grace patrouillieren herum, bellen wegen nichts und wieder nichts, melden sich immer Sachen wie »Sektor 4 gesichert, Sektor 2 gesichert«, ich meine, hallo? Das ist eine Farm, Jungs, hier gibt's keine Sektoren. Egal, nachdem sie sich davon überzeugt haben, dass alle Sektoren gesichert sind, rennen sie wieder ins Haus und tun das, was sie im Haus eben immer so machen. Ich lausche in den Stall: Da ist viel Schnarchen, ein bisschen Scharren, aber vor allem das zufriedene murmelige Geräusch von schlafenden Tieren. Fast wie Musik. Aber heute Nacht bleibe ich nicht bis zum Ende des Konzerts. Ich lehne mich rüber zu Mallory und flüstere, um's mal in der Hundesprache zu sagen: »Abmarsch!«

6

Abmarsch

Ich hatte schon tausend Mal an dem alten Gatter gestanden, aber diesmal war es anders. Alles war anders. Kennt ihr diese Momente im Leben, von denen man weiß, dass sie alles verändern werden? Die Nerven sind total angespannt, die Zeit scheint stillzustehen und im selben Moment aber auch zu rasen. Genau so fühlte ich mich in diesem Augenblick. Ich habe so eine Mörderangst, dass ich schon auf dem Weg zum Tor beinahe ein paar Fladen verloren hätte. Und wie ich so vor dem Gattertor stehe, sage ich – also, um meine Angst zu überspielen und auch um mir Mut zu machen –, da sage ich also zu Mallory: »Ein kleiner Schritt für eine Kuh, aber ein Riesensprung für die Kuhheit.« Und schiebe mit der Nase das Tor auf. So einfach war das. So einfach ändern sich Welten. Du schubst ein Tor auf, du machst einen Schritt, einen einzigen Schritt, und dann kannst du nicht mehr zurück, und nichts wird mehr sein wie es war. Habt ihr schon mal eine Kuh rückwärtsgehen sehen? Eben, gibt's nicht, zurückgehen liegt nicht in unserer Natur.

Und die ganze Zeit erzählt Mallory, was wir grade machen, fast, als müsste sie sich einreden, dass jemand anderes all die Sachen macht, dass es nicht sie ist, die sich rausschleicht – »... und jetzt kommen sie ans Gatter, und sie drücken das Tor auf, und jetzt – Sie hören richtig, liebe Sportfreunde an den Apparaten – jetzt befinden sie sich nachts außerhalb des Gatters – DU LIEBER GOTT, SIE LAUFEN NACHTS AUSSERHALB DES GATTERS!!!« Sie flippt ein bisschen aus, also zische ich ihr zu, dass sie leise sein soll. Ihre Augen sind total aufgerissen, so groß wie die von einem Reh auf der Straße im Scheinwerferlicht, aber sie ist glücklich, das merke ich genau, sie ist total aufgedreht. Sie sagt: »Los, tun wir's!« Und wir marschieren los, Schritt für Schritt, wir schauen immer wieder zurück, und der Stall ist plötzlich so weit weg, sie sieht so klein aus, obwohl wir grade mal zehn Meter gegangen sind. Und wir achten natürlich auch immer auf das Haus, um uns zu vergewissern, dass wir keine Menschen oder Hunde geweckt haben.

Alles ruhig. Bis auf dieses Geräusch ganz in der Nähe, das Geräusch, wegen dem wir das Ganze hier machen, das Geräusch, das uns anzieht wie die Sirenen Odysseus – das Schnauben der Bullen.

7

Bullshit

Gefällt's euch? Meine Verlegerin hat mir gesagt, dass die Geschichte bei der Zielgruppe besser ankommt, wenn ich ein bisschen Sex reinmische, ein paar Flüche und vielleicht etwas Fäkalhumor. Ich hab keine Ahnung, wer meine Zielgruppe ist. Ich will, dass jeder diese Geschichte liest, aber meine Verlegerin sagt, dass erwachsene Menschen sprechende Tiere nicht ernst nehmen (»Wieso?«, frag ich. »Was ist denn mit *Farm der Tiere* und *Wilbur und Charlotte* und *Ein Schweinchen namens Babe?*, und sie so: »Elsie, Elsie, Elsie, die Zeiten ändern sich, und das hier ist auch keine Fabel, das ist eine wahre Geschichte ... blablabla«). Deswegen wird sie's als Kinderbuch vermarkten. Was okay für mich ist, ich mag Kinder, aber dann sagt sie: »Die Erwachsenen werden es ihren Kindern vorlesen, also musst du kleine Insidergags reinstreuen und ein paar Anspielungen auf die Popkultur der letzten dreißig Jahre, sonst wird's ihnen zu langweilig. Bau einfach irgendeinen Bezug zu *Daktari* ein oder *Krieg der Sterne* oder Depeche Mode oder den Tamagotchis, irgendwas, deck einfach die Jahrzehnte ab, die 60er, 70er, 80er, 90er und Nullerjahre, und zwischendurch machst du ab und an einen Pimmelwitz.«

Dann hat sie mir einen Haufen Filme zum Angucken gegeben, damit ich weiß, wovon sie redet, ich fand die, ehrlich gesagt, ziemlich langweilig und bemüht, als wollten sie's allen recht machen. Aber ich glaube, ich hab kapiert, was sie meint. Ein Augenzwinkern hier und da, das krieg ich hin. Damit meine erwachsenen Leser wissen, was da vermutlich abgeht, wenn wir mit den Bullen zusammenkommen, Stichwort: schlechtes Schauspielern und funky Fickmusik im Hintergrund. Das ist auch so 'ne verklemmte Sache: Menschen und Sex. Mensch, Leute, das ist wie kacken, jeder macht's. Das wird mein nächstes Buch, »Marlene hatte andre Pläne«. Aber dann müssen Kinder leider draußen bleiben. Zwinker, zwinker. Regt euch nicht gleich auf – wenn's euch nicht gefällt, dann beklagt euch nicht bei mir, beklagt euch bei Mutter Natur.

Meine Verlegerin hat mir auch gesagt, ich soll die Geschichte eher wie ein Drehbuch schreiben und weniger wie ein Buch, »da ist heute der Massenmarkt, nicht in Büchern, sondern in Filmen«. Deswegen mache ich das auch, wo immer es geht. Und Zeichentrickfilme, sagt sie, bringen die meiste Kohle von allen Filmen, und in Zeichentrickfilmen sind oft Tiere die Stars. Und ich zu ihr: »Wie kann ich's wie einen Trickfilm schreiben, die Geschichte ist doch wahr?« Und sie springt buchstäblich aus ihrem Sitz und schreit: »Yes! Wahnsinn! Der erste Zeichentrickdokumentarfilm! Das ist pures Gold! Schreib einfach den Dialog ohne Anführungszeichen und drüber immer den Namen der Person, die grade spricht, dann denken alle, es wäre ein dokumentarisches Drehbuch, UND es sieht auch noch nach mehr Text aus. Und denk dran, es muss auch noch so was rein wie ›Die Namen aller handelnden Personen wurden zum Schutz der Blablabla geändert‹«.

Na ja, wir werden sehen, ob Hollywood anruft. Ich werde ein bisschen abnehmen müssen, ich bin gerade fett wie ein Yak. Ich habe auch schon einige ziemlich präzise Vorstellungen, wer mich spielen soll, aber meine Verlegerin sagt, wenn ich damit rausrücke, dann trete ich den Produzenten auf die Füße. Sie sagt, Produzenten denken gerne, ihnen wäre alles selbst eingefallen, also werde ich besser mal die Klappe halten.

Jennifer Lawrence.

Jedenfalls muss ich zugeben, dass die Geräusche der Bullen was Hypnotisierendes hatten. Es zog uns hin, Mallory und mich, wie zur himmlischsten Musik. Was sich gestern noch total dämlich angehört hatte, klang jetzt auf einmal wie die Beatles (Popkulturanspielung hiermit erledigt). Seltsam. Ich kapier's nicht. Aber so ist eben die Natur, das passiert jedem von uns. Wir näherten uns den Bullen, und die Bullen merkten, dass wir in ihre Richtung kamen, und Maaaaaaaaannnnn, haben die sich aufgepumpt. Immer lauter geschnaubt und mit den Hufen gescharrt und angegeben, indem sie rumgerannt sind und sich gegenseitig angerempelt haben. Das hat Mallory und mich ganz kribbelig gemacht, die ganze Show, die die abgezogen haben – für uns! Wir haben uns gefühlt wie zwei Starkühe. Superhübsch und superkuhl (Wortspiel, gemerkt? Gern geschehen).

Als wir dann zum Zaun kamen, haben die Bullen angefangen mit so: »Na, Schätzchen ...« und »Alles im Lack?«, die wollten total lässig wirken, und in dem Moment ist mir eingefallen, dass wir zwar aus unserem Gatter raus waren, aber an das Gatter der Bullen, daran hatten wir nicht gedacht. Mallory ist das in genau demselben Moment auch aufgefallen (weil wir nämlich superbeste Freundinnen sind!), und wir beide so: »Oh no! Wie kriegen wir bloß das Tor auf?«

Wenn ich jetzt mal ganz ehrlich sein soll, dann war ich auch irgendwie erleichtert. Ich hatte plötzlich das Gefühl, ich fände das für mich schon besser, wenn ich nicht gleich so direkt neben einem Bullen stehe, sondern erst mal mit einem schönen, robusten Zaun zwischen uns, aber das konnte ich Mallory natürlich nicht so sagen. Die Bullen waren aus der Nähe schon ziemlich beunruhigend. Da schwappte eine ganz wunderliche Energie rüber, wenn ihr wisst, was ich meine. Die Bullen waren jetzt ganz komisch drauf: »Soll ich den Zaun da niedertrampeln, Schätzchen, brauchst es nur sagen, ich putz dir die Zahnstocher weg« und so Zeug, und Mallory steht da und grinst total glasig. Also sag ich: »Du, ich schau mal, ob ich was finde, mit dem ich die Klinke zerschlagen kann, irgendwas Schweres«, und Mallorys Hirn ist da schon längst nur noch Raum für Notizen, sie so: »Klar, mach nur, Klinke niedertrampeln«, und ich denk mir: Was ist eigentlich aus dem guten alten Kein-Kerl-ist-wichtiger-als-unsere-Freundschaft geworden? Aber ehrlich, ich versteh's schon, und ich liebe dich heiß und innig, meine Mallory, wo du jetzt auch sein magst. Also sage ich, dass ich in ein paar Minuten zurück bin, und schleiche auf Samthufen den Hügel hinunter.

8

Jenseits der ausgetretenen Pfade

Ich hab keine Ahnung, warum ich zum Haus gegangen bin. Wahrscheinlich Schicksal. Irgendwas zog mich hin, und ich gab nach und ging hinterher. Ich war vorher noch nie am Haus gewesen, im Leben nicht. Die Lichter brannten. Es war dunkel, die Frühlingsnacht war mild, daher hatte die Familie die Fenster offen gelassen. Ich konnte Stimmen von drinnen hören, menschliche Stimmen, aber dann auch wieder gar nicht menschlich, sehr merkwürdig. Ich sah ein flackerndes Licht, wie ein Lagerfeuer, aber es war kein Lagerfeuer. Die seltsamen Stimmen und das unregelmäßige Licht zogen mich unwiderstehlich an. Ich weiß schon, das war völlig durchgeknallt, aber ich musste herausfinden, was da los war. Neugier ist ja vielleicht der Katze Tod, aber nicht der der Kuh, also fühlte ich mich sicher. Ich drehte mich um und blickte den Hügel hoch. Ich konnte die Umrisse von Mallory und den Bullen sehen und hörte sie leise lachen und schnauben. Sie hatten ihren Spaß, jedenfalls klang es so. Mit dem beruhigenden Gefühl, dass Mallory auch ohne mich gut aufgehoben war, schlich ich an einer Hauswand entlang zu einem offenen Fenster und guckte rein.

Ich verstand nicht, was da ablief. Die ganze Familie

saß ganz ruhig da und glotzte in eine leuchtende Schachtel. Die Leute machten keinen Mucks, so, als wäre die Lichtschachtel ihr Gott, und dieser Schachtelgott sprach zu ihnen oder gab zumindest Worte von sich, und die Leute schienen zugleich versteinert und gelangweilt. Sie aßen Zeug aus einer Tüte, irgendwas Knuspriges, und sie tranken buntes Blubberwasser aus Bechern, die so groß waren wie meine ganze Schnauze. Das gehörte wahrscheinlich zu dem Ritual, das ihnen der Schachtelgott vorschrieb, aber ich wusste trotzdem nicht, was ich davon halten sollte. Wie gesagt, die Menschen sind seltsam. Und gerade, als ich mich umdrehen und gehen wollte, damit ich keinen Ärger bekam, da sagte der Schachtelgott etwas, das ich niemals vergessen würde …

Und wieder eine spannende Stelle zum Aufhören!

9

Der Schachtelgott

Ich kann mich nicht an alles, was der Schachtelgott sagte, wörtlich erinnern, weil die Welt danach ganz verschwommen und wurbelig wurde und ich weggetreten war, aber ich erinnere mich, dass er so was sagte wie:

»Unsere kleine Farm ist tot, sie wurde abgelöst durch industrielle Fleischerzeugungsbetriebe vom Ausmaß einer Kleinstadt. Hier in dieser Fabrik …«

Aber hier hörte ich schon nichts mehr, weil das, was ich sah, so schockierend war, dass meine Welt zu taumeln anfing.

Zuerst sah ich Hühner in Käfigen, eine Reihe über der anderen. Die Hühner waren derart übereinandergetürmt, dass sie kaum Luft zum Atmen hatten. Ich bin wirklich kein riesiger Hühnerfan, aber das war kein Leben mehr. Die Hühner konnten sich kaum rühren, also wuchsen ihre Krallen förmlich um die Gitterstäbe herum. Um sie zu entfernen, mussten ihnen die Menschen manchmal die Füße abschneiden.

Ich fing an zu weinen, große nasse Tränen, und dadurch wurde alles, was ich sah, noch verschwommener und verwischter und unwirklicher. Dann zeigten sie Schweine, Hunderte und Aberhunderte total zusammengepfercht.

»Und dann zeigten sie die Kühe.«

Das war an sich nicht so schlimm, Schweine hängen ja gern miteinander ab, aber nicht so, total überfüllt und verdreckt und zum Heulen.

Und dann zeigten sie die Kühe.

Die Kühe wurden in einem riesigen Gebäude gehalten, jede einzeln in einem engen Stahlschacht. Aber das war nicht das Schlimmste, denn der erbarmungslose Schachtelgott zeigte, was danach mit den Kühen passierte: Ein Mann hielt einen Metallstab an den Kopf der Kuh. Die Beine der Kuh knickten weg wie Streichhölzer, die Kuh sackte weg, tot. Umgebracht. Eine nach der anderen. Der Mann knipste die Kühe aus wie mit einem Lichtschalter.

Und dann zeigte der Schachtelgott, wie man die Leichen der Kühe an riesigen Stahlhaken aufhängte, aufschnitt, häutete und ihnen Kopf und Beine abhackte wie in einem Horrorfilm, überall war Blut, Blut, Blut. Ein gesichtsloser Mann säuberte mit einem Wasserschlauch einen Raum voller Blut. Und dann gab es eine Diskussion über Rindfleisch, an die ich bis heute nicht denken kann, ohne dass ich kotzen und das Thema wechseln muss, und wenn ich drüber rede, dann kann ich es nur »R« nennen. Oder das »R-Wort«. Und all das Blut. Ströme von Blut. Meere aus Blut. Eine Welt voll Blut, dem Blut meiner Mitkühe. Ich gab den Inhalt aller vier Mägen von mir. Und dann kippte ich um.

10

Ich wache auf

Ich weiß nicht, wie lange ich weg war. Sehr lang kann es nicht gewesen sein, weil der Schachtelgott immer noch von »Fleisch« redete, womit er – wie ich heute weiß – Tierfleisch meinte: Kühe, Schweine, Hühner, Truthähne, in manchen Ländern Hunde (klar, wenn ihr mich esst, warum dann nicht auch 'nen Hund?), Affen, Hirsche, Bären, Strauße, Ameisen, alles, was ihr euch vorstellen könnt. Die Liste geht weiter und weiter. Mit ein bisschen Butter und Salz drauf essen Menschen praktisch alles. Und die Butter machen sie aus unserer Milch, da fühlt man sich direkt mitschuldig.

Als ich aufwachte, hatte sich alles verändert. Natürlich sah noch alles aus wie vorher, auch wenn sich die Wolken verzogen hatten und der Mond am Himmel glänzte wie ein nagelneuer Vierteldollar, aber zum ersten Mal sah ich in diesem Mond ein Gesicht, ich sah den Mann im Mond, und sein Mund stand offen, und er hatte die Augen aufgerissen, ungläubig und total entsetzt. Ich roch das Gras, das ich immer so tröstlich gefunden hatte und das mich an meine Mom erinnerte, aber ein säuerlicher Geschmack in meinem Mund ruinierte den Duft, ein Geschmack wie Galle. Ich mochte diese Welt nicht mehr, ich wollte nur noch Schwärze und Stille. Ich wollte weg von diesen Menschen und ihrem Schachtelgott und ihrer alles verschlingenden Maßlosigkeit.

Auf wackligen Beinen ging ich wieder den Hügel zum Stall hoch. Ich weiß nicht, wie lange ich weg gewesen war – eine Stunde oder drei oder fünf Minuten oder ein Leben lang? –, aber als ich zurückkam, schliefen die Tiere immer noch. Alle bis auf Mallory, die dastand und strahlte wie ein Funkturm.

11

Der Klapperstorch
(in Drehbuchform)

Mallory

OH! MEIN!! GOTT!!! OH! MEIN!! GOTT!!! OH! MEIN!! GOTT!!!

(Tatsächlich hat sie's noch ungefähr 300-mal gesagt, aber ich möchte nicht, dass ihr denkt, ich würde die Geschichte künstlich in die Länge ziehen.)

Elsie

Was? Was? Ruhig, Brauner! Komm erst mal wieder runter!

Mallory

Nichts! Wird jemals! Mehr! So sein! Wie es war!

Elsie

Das unterschreib ich dir sofort.

Mallory

Sag bloß! Hast du auch wen getroffen?

Elsie

Wen getroffen? Ich? Nein, nein, komm schon, sag, was war los?

(Eigentlich wollte ich's gar nicht hören, aber ich konnte Mallory jetzt wirklich nicht erzählen, was unten im Haus geschehen war, mit den Leuten und dem Schachtelgott. Noch nicht. Ich würgte ja noch selber dran. Es war wie ein Albtraum, der nach dem Aufwachen noch nachwirkt.)

Mallory

Das war voll die *West Side Story!* Frank geht zu Steve, und er so: »Hey, Alter, das is 'ne Holsteinerin, schwarz-weiß, so wie ich, meine Mutter war auch schwarz-weiß, also ist die Lady hier mit mir zusammen, klar?«, und dann Steve so: »Die 50er sind vorbei, Penner, Rassentrennung ist old school, rotbunte Bullen können rummachen, mit wem sie wollen. Alle können mit allen rummachen.« Und ich denk mir, klasse, Steve, sag's ihm, du hast so was von recht. Die haben total um mich gekämpft! Elsie? Erde an Elsie?

Elsie

Jaja, total um dich gekämpft.

(Ich versuchte zuzuhören, aber ich verlor dauernd den Faden. Ich wurde einfach die Bilder nicht los, wie die Kühe da hingen, bluteten, ausbluteten … Stopp!, sagte ich mir, aber es hörte nicht auf. Wie meine Mom immer gesagt hat: »Denk nicht an rosa Kühe«, und natürlich denkst du dann erst recht an rosa Kühe. Aber diese Kühe waren nicht rosa, die waren rot, und sie bluteten, sie bluteten … Stopp!)

Mallory

Hey, um dich hätten sie auch gekämpft, Herzchen, aber du warst ja weg. Wo warste überhaupt?

Elsie

Nirgends. Okay, die zwei sind wegen dir total Jets gegen Sharks. Was ist denn mit dir? Du siehst irgendwie verändert aus. Dein Make-up ist ganz verschmiert.

Mallory

Ich bin jetzt anders als früher. Du siehst übrigens auch ziemlich verändert aus.

Elsie

Ich bin jetzt auch anders als früher. Nun mach hin. Sag, was war? Ich bin ganz Ohr.

Mallory

Okay, also Steve und Frank und diese anderen Kerle – ich glaub, die waren zu viert oder zu fünft, äh, Jimmy C. war dabei und Matty, und – war das Jose? Und …

Elsie

Jaa, die Namen kannste weglassen, komm zum Showdown!

Mallory

Woher weißt du von dem Showdown?

Elsie

Ich weiß von nichts. Ich mein nur: Komm zur Sache.

Mallory

Okay, also, die beiden machen so diese ganzen Sachen, wie wenn sie gleich kämpfen würden, und sie schnauben, und sie stampfen und machen ganz komische Geräusche, und dann – kämpfen sie! In echt! Sie haben sich um mich geprügelt, aber ich hab genau gesehen, dass die sich gar nicht richtig wehtun wollten, das war mehr so Show. Eine ganz vorzügliche Darbietung, Gnädigste.

Elsie

Und? Showdown?

Mallory

Ach ja, okay, der Showdown – also, sie knallen ein paar Mal gegeneinander und rennen ein bisschen hintereinander her, na ja, aber dann hat Frank einfach aufgehört und gesagt: »Kannst sie haben, so toll sieht die gar nicht aus ...«

Elsie

Was für ein Arsch.

Mallory

Egal. Der ist eh 'ne Pfeife.

Elsie

Ich dachte, du magst Frank.

Mallory

Am Arsch. Der Typ ist Geschichte, aber so was von Steinzeit, Herzchen. Ich hab jetzt höhere Ansprüche.

Elsie

Okay, also die anderen Jungs hauen ab, und du bist mit Frank allein.

Mallory

Mit Steve.

Elsie

Sorry, mit Steve.

Mallory

Na ja, also, wir stehen so rum, am Zaun, und er ist total fertig von diesem Showkampf oder so, und ich kann seinen Atem sehen. Und riechen.

Elsie

Ihhh.

Mallory

Gar nicht ihhh, das war gut. Und er ist jetzt richtig cool: »Schätzchen, ich kann mir ohne Ende Gras reinpfeifen« und »Schätzchen, wenn ich wollte, ich könnte jederzeit hier abhauen, ich will nur grade nicht, weil das ist ein ganz lässiger Job hier«, und immer so weiter …

Elsie

Ja, klar.

Mallory

… und dann presst er seine Lippen gegen den Zaun …

Elsie

Is nicht wahr!

Mallory

Und ob! Und er macht die Augen zu und steht einfach da wie versteinert, na ja, und dann hab ich ihn halt geküsst …

Elsie

Scheiße, nein!

Mallory

Scheiße, ja!

Elsie

Hör auf! War's ganz glibbrig und ekelglitschig?

Mallory

Nein, es war eher … eher … ich kann's gar nicht richtig sagen. Da denkste, dass Spucke tauschen mit'm Typ ja wohl voll supereklig wär, das Ekligste der Welt, aber – war's nicht. Das war extrem. Ich bin verliebt.

Elsie

Bist du nicht! Du kennst den doch gar nicht!

Genau das ist Liebe, Elsie-Herzchen, wenn du voll verrückt bist nach einem, den du gar nicht kennst. Ich will ein Kalb von ihm.

Ich wollte Mallory das zuerst ausreden, ich wollte sie zur Vernunft bringen, aber ich hab schnell gemerkt, dass sie für Vernunft längst nicht mehr zugänglich war. So wie mich alles – der Mond, das Gras, der Wind – im Moment an Blut und Tod erinnerte, so erinnerte sie alles an Steve. Und an die Liebe. Und ich überlegte, ob ich ihr sagen sollte, was ich gesehen hatte, aber dann dachte ich: Warum sollte ich dieses Glück jetzt ruinieren? Ich sah rüber zu ihr, und sie leuchtete wie eine Juninacht voller Glühwürmchen, und für einen kurzen Moment vergaß ich, was mir zugestoßen war, und ich war glücklich. Glücklich für Mallory, glücklich für Steve, glücklich für die Welt. Und ich schloss die Augen und schlief ein.

12

Uncomfortably Numb

(siehe Floyd, Pink)

Als ich aufwachte, wurde ich gerade vom mittleren Sohn gemolken. Ich musste vorher schon mal wach gewesen sein, aber ich war irgendwie weggetreten. Ein Teil von mir musste ständig an das denken, was ich gesehen hatte, weshalb auch nur ein Teil von mir wirklich wach und einigermaßen klar genug im Kopf war, um mich durch den Tag zu schleppen. Ich hatte den mittleren Sohn eigentlich immer gemocht, er war sanft und sprach gern beim Melken mit mir, er erzählte mir seine Probleme, vom Ärger in der Schule oder mit seinen Eltern und seinem unausstehlichen älteren Bruder. Er glaubte wahrscheinlich, dass ich kein Wort verstehe und deshalb alles unter uns bleibt. Und ich bin immer für ihn da gewesen. Aber nicht diesmal. An diesem Tag mochte ich die Menschen nicht. Keinen einzigen. Und man hat das wohl beim Melken gespürt, weil der Junge mich dauernd fragte: »Was ist los mit dir, Mädchen?«, und dann nahm er meinen Kopf in beide Hände und sah mir tief in die Augen, und er streichelte mich, so wie ich's immer gemocht hatte, aber an diesem Tag wollte ich ihn nur anspucken oder ihm den Schädel in den Bauch rammen. Und das hab ich dann auch gemacht. Ich knallte ihm meine Stirn ans Kinn und kegelte ihn mitsamt seinem Milcheimer über den Haufen.

Ich erkannte jetzt den Blick in seinen Augen. Ich erkannte ihn wieder, denn ich kannte ihn von mir selbst. Als würde ich in einen Spiegel sehen. Es war der Anblick des Verrats, von jemandem, der verraten worden war. Wir standen da wie vereist, der Junge und ich, und wir starrten uns gegenseitig in unsere betrogenen Gesichter. Ich sah, wie sich in einem seiner Augen eine Träne sammelte, und ganz kurz fühlte ich mich mies. Beinahe. Dann verschwand das miese Gefühl, und ich merkte, dass ich gar nichts mehr spürte. Dass ich nie mehr etwas fühlen würde. Nie mehr. Ich war innerlich tot. Ich war taub. Ich senkte meinen Kopf und verpasste ihm noch eine.

13

The Black Dog

Ich denke mal, dass es dem mittleren Sohn so peinlich war, dass ihn eine Kuh rumschubste, dass er es niemandem gesagt hat, denn die Sache mit dem Kopfstoß hatte keine weiteren Folgen. Überhaupt sind die Monate danach bei mir hinter einem Schleier verschwunden. Es hätte auch eine Woche sein können oder ein Jahr oder zehn. Es war mir egal. Ich versank in einer Depression, einer echt schlimmen Depression, eine, die Amerikaner oder Rockfans »Black Dog« nennen, keine Ahnung, wieso, aber genau das war's – ich war total am Hund, am schwarzen Hund, und dieser schwarze Hund war ständig an meiner Seite, morgens, mittags, nachts, als wäre er ein Freund von mir, aber ich wusste genau: Das war er nicht.

Meine Gedanken wiederholten sich ständig, wieder und wieder, wie eine alte Schallplatte, die einen Hänger hat.

(Hallo, Eltern! Hier könnt ihr euch einen Augenblick Zeit nehmen und eurem Kind erklären, was eine Schallplatte ist, also: eine Vinylplatte. Und was ein Plattenspieler ist, und wenn ihr schon dabei seid, erklärt ihr ihm vielleicht auch gleich, was Musik ist. Ihr könnt euren Kindern auch was von dem Led-Zeppelin-Song »Black Dog« erzählen, wenn ihr sie zu Tode langweilen wollt, weil ihnen eure Musik nämlich schnurz ist. Sie halten sie für schnarch. Erzählt ihnen irgendwas, Hauptsache, es macht ihnen diesen Zustand verständlich, dieses Hängenbleiben wie eine Schallplatte, die ständig von Neuem in dieselbe Rille rutscht.)

Es war, als würde ich meinen Kopf immer und immer wieder gegen die Wand knallen, damit der Schmerz aufhört oder man durch die Wand bricht oder vielleicht auch beides.

Und letzten Endes habe ich meinen Kopf tatsächlich ziemlich oft gegen die Stallwand gedonnert. So oft, dass Mallory mich eines Tages zur Seite nahm und sagte, sie hätte Angst, dass ich mir das Fell von der Stirn reibe, weil, dann hätte ich eine Glatze und bekäme überhaupt keinen Bullen mehr ab. Als ob mir das was ausgemacht hätte. Und dann sagte mir Mallory, dass sie schwanger war. Sie hatte Steves Kalb im Bauch. Ich freute mich auch furchtbar für sie, aber ich wusste, dass so ein Leben nichts mehr für mich war. Ich wollte nicht noch eine kleine Kuh in diese furchtbare Welt bringen. Das hab ich ihr aber natürlich nicht gesagt, sondern nur ihre hübsche Schnauze geküsst. Ich habe ihr versichert, wie glücklich ich für sie bin, ich habe mich an sie gelehnt und meine Augen geschlossen, und als ich sie öffnete, war er wieder da, er wartete direkt neben mir, und er hatte einen Tennisball im Maul: der Schwarze Hund.

14

Mom

Den Kopf immer und immer wieder an die Wand donnern ist gar nicht mal so schlimm, wie es klingt. Oder sich hin und her wiegen oder auf und ab gehen wie ein Panther im Zoo. Es ist, als würde man immer wieder und wieder und wieder über dieselbe Stelle laufen, überzeugt, dass man einen Trampelpfad letztlich so tief in die Erde schlurft, bis man durch den Boden hindurchsackt auf eine tiefere Ebene, wo man findet, was man sucht, hinaus aus der Kopf-gegen-die-Wand-Welt und hinein in eine bessere.

Und genau das ist passiert. Eines Tages, wie ich grade wieder dabei war, meinen Kopf an die Stallwand zu knallen, hörte ich auf und sagte ein einziges Wort: Mom. Ich wiederholte einfach immer und immer wieder dieses Wort, Mom, Mom, Mom. Und mir wurde klar, wie sehr mir ihr Verschwinden zu Herzen gegangen war. Klar, ich hatte jedes Mal genickt, wenn irgendwer sagte, dass das auf einer Farm halt so ist, dass die Mütter und Väter eben abhauen, wenn ihre Kinder alt genug sind, selbst Mütter und Väter zu werden. Aber tief in mir fragte immer eine Stimme: Warum hast du mich alleingelassen? Warum hast du mich alleingelassen, Mom?

Ich hörte auf, meinen Schädel an die Wand zu schmettern, weil mir klar wurde, dass Mom mich nicht alleingelassen hatte. Man hatte sie weggebracht. Man hatte sie weggebracht und umgebracht und dann aufgegessen. Ich spürte die Galle in meinem dritten Magen und meinem vierten aufsteigen, und dann kotzte ich einen Riesenschwall quer über den Boden, und vielleicht bin ich auch kurz weggekippt. Es war entsetzlich, aber – es war auch befreiend. Bisher war ich stinksauer auf meine Mom gewesen, weil sie abgehauen war, und jetzt war ich es nicht mehr. Meine ganze Wut konzentrierte sich auf die Menschen, die mich so betrogen hatten und meine Mom erst recht.

Ihr Menschen trinkt unsere Milch, und ihr esst die Eier von Hühnern und Enten. Reicht euch das nicht? Reicht es euch nicht, dass wir euch unsere Kinder geben und das Babyfutter dazu? Und wenn euch das nicht reicht, werdet ihr dann überhaupt irgendwann genug kriegen? Ihr nehmt nur und nehmt, das ist alles, was ihr könnt, ihr nehmt von der Erde und von ihren wunderschönen Lebewesen, und was kriegt man von euch zurück? Nichts. Ich weiß, dass die Menschen es für eine ganz schlimme Beleidigung halten, wenn man sagt, dass sie sich wie Tiere benehmen. Aber ich kann euch sagen: Ich würde nie einem Menschen den Gefallen tun, ihn mit einem Tier zu vergleichen, denn Tiere töten vielleicht, um zu überleben, aber keines von ihnen lebt, um zu töten. Das Recht, »Tier« genannt zu werden, müssen sich die Menschen erst wieder verdienen.

15

Eine Entschuldigung

An dieser Stelle möchte ich mich entschuldigen, weil, eigentlich wollte ich ein lustiges Buch schreiben und keine Predigt halten, und ich habe mit meiner Verlegerin auch gestritten, da anfangs sogar noch heftigere Sachen drin waren, direkter, anklagender, bösartiger, und die wollte ich unbedingt drin lassen. Meine Verlegerin sagt: »Es ist dir aber schon klar, dass du damit deine komplette Zielgruppe beleidigst: die Menschheit? Cleveres Marketing sieht anders aus. Kühe kaufen keine Bücher!«

Und ich sage: »Möglich, aber manche Sachen müssen einfach gesagt werden.«

Meine Verlegerin protestiert: »Ja, aber das alles ist doch für die Leute ein alter Hut. Das Besondere an deiner Geschichte ist doch ganz was anderes!«

Und ich: »Das ist mir egal, offenbar muss man's ihnen noch tausendmal sagen. Vielleicht müssen die ihren Kopf auch mal an die Wand knallen, vielleicht muss auch ich ihre Köpfe nehmen und eigenhufig an die Wand knallen, bis die Wand eines Tages zerbricht oder der Kopf und sie checken es endlich.«

Und meine Verlegerin sagt: »Sie checken es schon jetzt, es ist ihnen aber einfach scheißegal.«

»Dann haben sie's nur theoretisch begriffen, mit dem Verstand, aber nicht mit dem Herzen. Denn wenn sie's fühlen würden, dann würden sie sich anders verhalten, sie würden sich ändern und wieder zum Tierreich gehören und sich freuen, wenn man ihnen Tiernamen gibt. Bis dahin dotze ich halt ihre Dummköpfe gegen die Wand. Die Nahrungskette kann man nicht einfach um den Hals tragen wie ein Collier oder 'ne Christbaumkugel an einer Schnur. Sie sind doch ein Glied dieser Kette! Und wenn sie sie weiter ignorieren, schnüren sie sich selbst die Luft ab! Wissen Sie eigentlich, wie viel ich jetzt schon weglasse, nur damit das Buch lustig bleibt? Wussten Sie, dass dieses Alfalfa, mit dem sie uns füttern, das Zeug, in das ich mich selber reinsetzen könnte, dass das beim Anbau so viel Feuchtigkeit braucht, dass deswegen das Wasser knapp wird? Das kann nicht funktionieren, weil da jemand eben nur eine richtige Nahrungskette nachmacht, eine Fälschung aus unnatürlichen Gliedern. Oder die Antibiotika in der Viehzucht! Da quetschen sie Schweine, Kühe, Hühner unter unvorstellbaren Lebensbedingungen derart zusammen, dass man Seuchen nur noch mit irrsinnigen Mengen von Antibiotika unter Kontrolle halten kann – und sorgen genau damit dafür, dass die Krankheitserreger mutieren und reihenweise immun werden. Wussten Sie, dass gewaltige Mengen dieser Antibiotika mit unserer Scheiße in die Erde und ins Trinkwasser gelangen? Und plötzlich hat man immer mehr frankensteinartige Supererreger. Oder es kehren Krankheiten zurück, die dank des medizinischen Fortschritts des letzten Jahrhunderts glücklich ausgerottet waren. Das hängt doch alles zusammen! Al-les! Ein Schmetterling schlägt in Thailand mit den Flügeln und sorgt für einen Orkan in Bremen. Soll ich weitermachen? Kein Problem, meine Liste ist so lang, die kann 'ne Giraffe als Schal benutzen!«

»Nein, danke, mir fallen die Augen zu«, gähnt meine Verlegerin. »Du knallst meinen Kopf ja jetzt schon gegen die Wand. Den Quatsch will keiner lesen. Die Leser haben durchaus nichts gegen leichte Schuldgefühle hie und da, aber nicht so, dass man heulend im Keller sitzt. Aber bitte, mach nur so weiter. Schieß dir selber ins Knie.«

Da sage ich: »Kann ich nicht. Ich kann mir nicht ins Knie schießen.«

Und sie: »Wieso nicht?«

Und ich: »Keine Hände.«

Dann lachen wir. Und sie sagt: »Wenn ein Löffelchen voll Zucker bittre Klimaerwärmungsdürre hervorrufende superimmune Bakterien erzeugende Medizin versüßt, rutscht sie gleich noch mal so gut (siehe Poppins, Mary). Vergiss das Löffelchen Zucker nicht, Süße. Und den Eltern können wir auch noch garantieren, dass ihre Kinder beim Vorlesen dieses speziellen Kapitels in Sekunden eingeschlafen sind.«

Ich entschuldige mich also noch mal, aber damals war ich eben eine zornige junge Kuh und ganz besessen davon, dem Establishment meine Meinung zu geigen. Ich wollte auch nicht mehr Elsie heißen, denn die Menschen nennen ihre Kühe gerne Elsie oder Elsa, und darum sagte ich allen anderen Tieren, dass ich ab sofort »Elsie Q.« heiße, weil ich ja meinen echten Namen gar nicht kannte, und das »Q« stand für »Quiz«. Clever, oder? Und ich hatte damit sogar auch noch meinen eigenen Auftrittssong: »I like the way you walk, I like the way you muuh, Elsie«.

Na ja, jedenfalls war die Erkenntnis, was wirklich mit meiner Mom passiert war, zu viel für mich, und ich wurde ohnmächtig. Wieder mal. Als ich aufwachte, fraß gerade Jerry, das Schwein, meine Kotze. Jetzt sagt nicht wieder »iiiih« und hört auf, immer alles gleich blöd zu finden. Wir Tiere lassen eben nichts verkommen. Bei den Menschen gefällt ja auch oft dem einen gerade das, was der andere als Erstes wegwirft, und was für die Kuh die Kotze ist, ist eben fürs Schwein das Abendessen. Ich sah ihn an und lächelte, weil ich die Liebe zu meiner Mom wiedergefunden hatte, weil ich jetzt frei war. Und er sah mich an und lächelte zurück. Und sagte: »Köstlich!«

16

Free Bird

(siehe Skynyrd, Lynyrd)

Ich war also frei. Mehr oder weniger. Klar, ich hing noch immer auf der Farm fest, aber innerlich war ich frei. Im Kopf, da, wo die echte Freiheit sitzt. Ich öffnete nachts immer öfter das Tor. Mit meinem superbefreiten Kopf sah ich die Dinge mit neuen Augen, und ich guckte mir die Klinke an und stellte fest, dass man die ja babyeinfach mit der Zunge runterdrücken konnte. Sachen, die mich früher vor endlose Rätsel gestellt hatten, waren auf einmal glasklar.

Es wurde eine richtige Gewohnheit, ich drückte die Klinke runter, nachts, wenn alle eingeschlafen waren, und dann machte ich mich auf den Weg, meistens hoch in die Hügel. Weg von den Bullen, ich interessierte mich nicht mehr für Jungs und so.

Und beim Laufen schaltete mein Gehirn irgendwie ab, und ich driftete in so einen meditativen Zustand, in dem ich mit meiner Mom reden konnte. Und wir führten die erstaunlichsten Unterhaltungen. Manchmal wiederholten wir einfach alte Gespräche von früher, als sie noch bei mir gewesen war, manchmal redeten wir aber auch über ganz neue Sachen, und ruckzuck krähten schon die doofen Hähne, und es war früher Morgen. Ich war frei, ja, schon irgendwie, aber tief, tief in mir war ich auch noch sehr traurig.

Eines Nachts, als ich wieder so durch die Hügel wanderte und in Gedanken mit meiner Mom redete, über nichts Wichtiges, wie oft man sein Futter wiederkäuen sollte, bevor man's endgültig runterschluckt und so Sachen, da sagte sie zu mir: »Vielleicht solltest du noch mal runter zum Haus gehen.« Und ich: »Da geh ich nie wieder hin, vergiss es. Ich hasse Menschen!« Und sie sagte: »Hass ist Unsinn. Hass ist wie ein Gift, das man für seine Feinde zusammenrührt und das man am Ende aber doch selber schluckt.« Und ich: »Sehr witzig, Obi-Wan Kuhnobi.« Und dann sie: »Warum gehst du nicht einfach da runter, vielleicht hast du ja was Wichtiges verpasst. Vielleicht kann man noch mehr von dem Schachtelgott lernen.« Ich sagte: »Ja, klar. Als ob ich von dem so viel Tolles gelernt hätte.« »Elsie«, antwortete sie, »weißt du eigentlich, wie stolz ich auf dich bin? Weißt du das? Weißt du eigentlich, dass ich dich unendlich liebe? Weißt du, wie schön du bist? Wie klug? Und dass ich jeden Tag an dich denke? Und dass es mir völlig egal ist, wie lange mein Leben gedauert hat, denn es war ein gutes Leben – weil ich dich hatte.«

Da hab ich sofort wieder geheult. Okay, ich hab schon ziemlich nah am Wasser gebaut, keine Frage. Ich hab nie kapiert, warum Liebe so wehtun kann, aber auf jeden Fall kann man diesen Schmerz mit nichts auf der Welt vergleichen. Das ist nicht wie bei einem gesplitterten Huf, eher als ob einem ein Braunbär das Herz umarmt. Und dann merkte ich, dass ich tatsächlich den ganzen Hügel runtergegangen war. Ich stand direkt neben der Hauswand.

17

A Whole New World

(siehe Aladdin, das Musical,
aber im Original, nicht in eurer
grausigen deutschen Übersetzung!)

Der Schachtelgott sprach wieder zu den Menschen. Man erkannte es sofort an ihrem gehorsamen Schweigen und an dem flackernden Licht. Wenn ihr glaubt, dass Lämmer schweigen, dann denkt mal dran, wie ihr den Schachtelgott anbetet – wortlos und völlig hypnotisiert nämlich. Darum war auch klar, dass mich keiner vor dem Fenster sehen würde, die Menschen waren total weggetreten, es war wie die Nacht der sitzenden Leichen. Sie glotzten alle etwas, das sie den »Discovery Channel« nannten. Ich weiß das, weil sie gerade lang genug aus ihrer Lähmung aufgewacht waren, um sich über den Sender zu streiten. Ich begriff, dass der Schachtelgott nicht allein war, in der Schachtel waren jede Menge Götter, und mit einem Plastikzauberstab konnten die Menschen von Gott zu Gott springen, grade wie sie lustig waren.

Offenbar wollte jeder in der Familie einen anderen Gott anbeten. Das jüngste Mädchen verehrte den »Nickelodeon«-Gott, der Vater wollte »Sport1« anbeten, der älteste Sohn, der unausstehliche, eine Göttin namens »Playboy«, wahlweise aber auch den Gott »Sky«, die Mutter hingegen fand den »Discovery«-Gott in Ordnung. Die Mutter gewann. Alle anderen außer ihr und der jüngsten Tochter verließen daraufhin maulend das Zimmer. Anscheinend hatte jeder von ihnen seinen eigenen Schachtelgott im Zimmer, denn nach und nach drang aus den Fenstern von allen Schlafzimmern im ganzen Haus das Flackerlicht. Ein seltsamer Gott ist das, er vereint die Leute nicht, er trennt sie.

Na ja, ich sehe mir also den »Discovery«-Gott an, auch weil er so viele tolle Bilder von fernen Ländern zeigt. Und dann erwähnt er einen Ort namens »Indien«, und das Wort allein klingt schon so schön, und dann zeigt er zwar Bilder von Armut und hungernden Menschen, aber auch jede Menge Kühe, und ich trau mich schon fast nicht mehr hinzusehen, weil der Gott ja so gerne zeigt, wie Kühe geschlachtet und gegessen werden. Doch stattdessen sagt er, dass Kühe in Indien »heilig« sind. Und das bedeutet: Sie sind was Besonderes und kriegen jede Menge Respekt, und dann zeigt er auch Bilder, wie Leute total lieb zu Kühen sind und ihnen sogar Schmuck umhängen, sodass sie richtig exotisch aussehen und wunderschön. Und der Schachtelgott sagt, dass in diesem Indien Kühe Götter sind und dass keiner sie aufisst.

Dann rauscht plötzlich der unausstehliche älteste Sohn ins Zimmer, greift sich den Zauberstab und wechselt den Gott. Ich sehe einen Haufen Kerle in Uniform, die hinter einem Ball herrennen oder mit Knüppeln auf ihn einprügeln oder ihn zu fangen versuchen. Und ich erfahre, dass der Ball aus der Haut toter Pferde (und seit dem schrecklichen Sommer von '74 auch aus der von Kühen) gemacht wird, und jedes Mal, wenn er auch nur ein kleines bisschen dreckig wird, dann schmeißen sie ihn weg, als wäre er kaputt. Als gäbe es da einen unerschöpflichen Vorrat an Pferden, die man umbringen kann, wenn man mehr Bälle braucht. Wahrscheinlich ist das tatsächlich so. Um ihre zarten weichen Patschhändchen vor dem harten Ball zu schützen, tragen diese Menschen einen »Handschuh«, und den machen sie aus etwas, das sie »Leder« nennen, was nur eine höfliche Umschreibung ist für »die Haut toter Kühe«. Und kurz bevor ich schon wieder umkippe, denke ich: Hört die Scheiße eigentlich niemals auf?

18

Indien

Das Wort ging mir nicht mehr aus dem Kopf: Indien, Indien, Indien. Ich spielte damit in meinem Gehirn wie die Menschen mit einer Kastanie in der Manteltasche. Indien, Indien. Mit diesem Wissen fing ich an, mich von den anderen Tieren abzusondern. Ich war total scharf darauf, ins Haus zu gelangen und weitere Geheimnisse in Erfahrung zu bringen. Bald wusste ich, wann die Familie eine Zeit lang weg war – wenn sie ihre Koffer in das Auto stopfte oder so. Und dann ging ich ins Haus und forschte weiter. Ich entdeckte sooo viel! Ich fand Kinderbücher, in denen die Tiere die Helden waren, was die Kinder zu mögen schienen. Sogar Kühe waren dabei! In diesen Büchern waren Kühe die Hauptfiguren! In einem Buch sprang eine Kuh sogar über den Mond, mit einem einzigen Satz! Okay, am Ende wurde es unglaubwürdig, und als der Teller dann auch noch mit dem Löffel abhaute, hab ich's aufgegeben, weil, irgendwo hört's ja auf. Aber trotzdem, das war echt mal eine stahlharte Kuh, mein lieber Scholli.

Es verwirrte mich allerdings, wie uns die Menschen misshandeln und essen und gleichzeitig aber auch bewundern konnten. Ich kam zu dem Schluss, dass Menschen letztlich sehr kompliziert sind und auch ein bisschen neben der Spur und dass ich mein ganzes Leben lang brauchen würde, um sie zu verstehen. So viel Zeit hatte ich aber nicht. In den paar Jahren, die mir auf dieser Welt noch blieben, wollte ich mir über mich selbst klar werden. Ich würde über das Wesen der Kuh nachdenken, und wenn dann mal noch Zeit übrig war, dann, vielleicht, auch noch mal über die Menschen.

Ich fand noch andere Bücher mit Landkarten zu jedem Teil der Welt. Da konnte man sehen, wo dieses zauberhafte Indien lag. Dieses Land, in dem die Menschen gelernt hatten, dass Kühe auch Götter waren, das gab es wirklich. Und noch so viele andere Länder und Gegenden, dass man sie gar nicht alle im Kopf behalten konnte. Ich dachte an die Kühe in Indien und was die für einen Mordsdusel hatten, dass sie gerade in Indien auf die Welt gekommen waren und da ihr ganzes Leben verbringen durften. Und dann dachte ich erst: Warum hab ich nicht so viel Glück? Und dann dachte ich: WARUM GEHE ICH EIGENTLICH NICHT EINFACH SELBST NACH INDIEN?

19

Operation Indien

Ich war von der Idee regelrecht besessen. Ich dachte den ganzen Tag nur noch an Indien und sonst nichts, rund um die Uhr. Die Freundschaft mit Mallory ging irgendwie auseinander, so, wie sie selber jeden Tag mehr und mehr auseinanderging, und das machte mich traurig, aber ich hatte ja jetzt eine Aufgabe. Ich grübelte unablässig, wie ich nach Indien kommen könnte. Mir war schon klar, das war total weit weg, genau genommen auf der anderen Seite der Erde, und ich müsste wohl einen Ozean überqueren (habt ihr schon mal eine Kuh schwimmen sehen? Tja, da habt ihr's). Leider war ich keine von diesen Kühen, die eben mal mit einem Satz über den Mond nach Indien springen. Nein, ich würde ein Flugzeug nehmen müssen. Wo findet man Flugzeuge? In einer Stadt. Wo war die nächste Stadt? Ungefähr 50 Meilen weit weg, das ging noch zu Huf. Wenn ich es also bis zur Stadt schaffen würde, dann würde ich's auch zum Flughafen schaffen, und wenn ich es zum Flugplatz schaffen würde, dann konnte ich da ein Flugzeug finden, das nach Indien flog, und wenn ich ein Flugzeug finden konnte, das nach Indien flog, dann konnte ich auch einsteigen. Das war doch schon mal so was wie ein Plan. Gut, da waren noch echt haufenweise »Wenns« drin, aber unmöglich war es nicht. Und vor allem war es viel, viel besser als die Alternative: Man stirbt, man wird gegessen, und dann wird man ein Schuh, eine Jacke, ein Sofa, ein Autositz oder ein Baseballhandschuh.

Also widmete ich mich ab sofort nur noch meinem Plan. Operation Indien. Ich wollte noch das Ende des Winters abwarten, weil im Frühjahr besseres Laufwetter ist, dann würde ich in die Stadt gehen und ein Flugzeug besteigen. Das konnte tatsächlich klappen.

Ich kriegte aber auch Schuldgefühle. Ich würde Mallory und alle meine Kuhfreunde und Kuhllegen zurücklassen müssen. Und diese Zukunft hier verdienten nicht mal die blöden Bullen und die dummen Hühner, die Schweine und die Pferde auch nicht. Allein zu sein mit dieser blutigen Wahrheit, das machte mich völlig fertig, also musste ich jemandem von meinem Plan erzählen: Mallory.

Eines Nachts, als alle anderen ratzten, stupste ich sie mit meiner Schnauze an.

ELSIE

Mallory! Mally! Wach auf!

MALLORY

Uaah, ich bin so eine fette Kuh … was gibt's?

ELSIE

Du, ich muss dir was sagen.

Mallory

Und was? Warum du in letzter Zeit so eine Zicke bist, so was in der Art?

Elsie

Mmmh, ja … ja. Auch.

Und dann erzählte ich ihr so ziemlich alles, was ich euch auch schon erzählt habe. Auch ziemlich so in derselben Art.

Wenn das jetzt ein Film wäre, dann würde da lässige Musik drüberlaufen, am besten der große Sommerhit vom letzten Jahr, und dazu sieht man, wie ich aufgeregt auf Mallory einquatsche, und dann werden ihre Augen groß und immer größer. So eine Art Montage, aber nicht so richtig. Hey, ich will dem Regisseur nicht vorschreiben, wie er seinen Job zu machen hat, das ist bloß ein Vorschlag. (Kein Problem, echt, man kann das auch anders drehen. Dann wird der Film halt schlecht.)

Als ich fertig war, stand Mallorys Maul weit offen, und sie war derart baff, ich hätte sie nur noch anhusten müssen, und sie wäre umgefallen, einfach so. Und wo wir grade beim Thema sind: Schlafende Kühe umschubsen ist erstens doof, und zweitens funktioniert es nicht. Wahrscheinlich deshalb, weil wir uns nachts zum Schlafen einfach hinlegen, und da könnt ihr uns rumschubsen, wie ihr lustig seid. Theoretisch, weil praktisch nervt das. Sollten wir vielleicht mal versuchen, euch umzuschubsen, hm? Denkt mal drüber nach. Ja, genau, euch meine ich. Die sich angesprochen fühlen, wissen Bescheid.

MALLORY

O! MEIN!! GOTT!!!

ELSIE

Ich weiß.

MALLORY

Red keinen Scheiß!

ELSIE

Ist kein Scheiß.

MALLORY

Hör auf! Das gibt's …!

ELSIE

Ich hör garantiert nicht auf, und das gibt's, aber volle Kanne!

MALLORY

… doch nicht.

Dann herrschte erst mal Schweigen. Wie früher, als wir einander so nahe waren, dass wir gar nichts sagen mussten und trotzdem genau wussten, was die andere denkt. Wie Schwestern. Und dann …

MALLORY

Und was wirst du jetzt …?

ELSIE

Operation Indien.

MALLORY

Klingt gut. Hat was.

ELSIE

Danke.

MALLORY

Du musst es einfach tun.

ELSIE

Was?

MALLORY

Na, gehen.

Wie gesagt: Mally und ich – wie Schwestern.

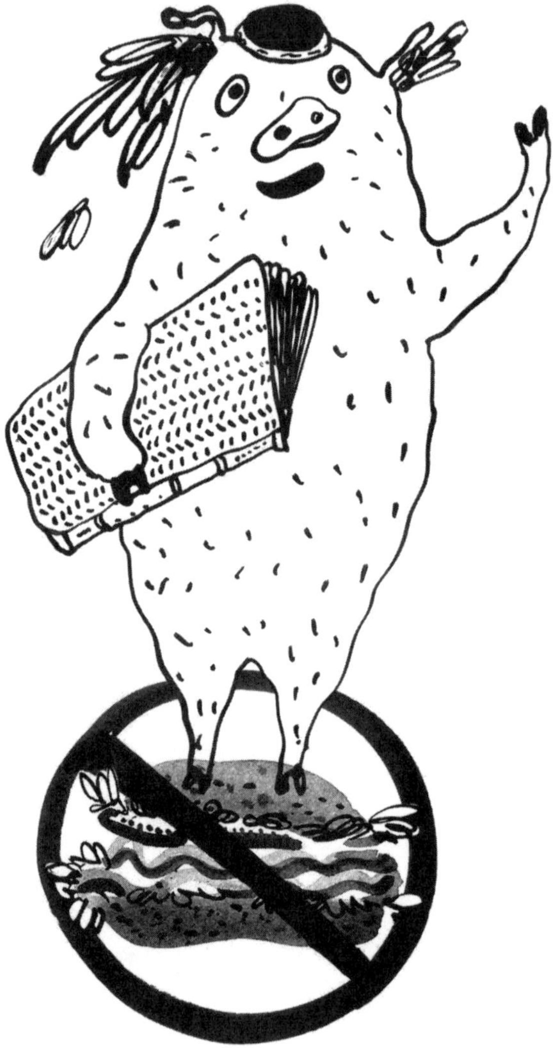

»Nenn mich Schalom.«

20

Babe, I'm Gonna Leave You

(siehe Zeppelin, Led)

Es hat Wochen gedauert, bis Operation Indien halbwegs umsetzbar war. Ich musste mich mit Landkarten herumschlagen und ausknobeln, wie man am besten in die Stadt kommt, ohne dass jemand eine verirrte Kuh meldet. Ich wusste noch immer nicht, wie ich dort in ein Flugzeug gelangen sollte, aber ich konnte einfach nicht mehr länger warten. Eines Nachts, als ich mich im Schlaf grade wieder mit meiner Mutter unterhielt, spürte ich, dass mir irgendwas zwischen den Hufen herumwuselte. Ich kriegte einen halben Herzinfarkt, als ich Jerry, das Schwein, bemerkte. Er hatte irgendwelche Löckchen aus Unkraut an den Ohren hängen und schleppte sehr würdevoll ein altes, zerfleddertes Buch mit sich herum. Ich glaub, in einem Drehbuch nennt man so eine Stelle wie die hier den zweiten Akt.

Jerry

's los?

Elsie

Selber 's los!

Jerry

Ich hab gemeint: Was ist los? Was geht? Was liegt an? Was soll der ganze Landkartenkram und das Rumgeflüster nachts mit Mallory?

Elsie

Gar nichts.

Jerry

Ich sag dir, was los ist. Ich glaube, du willst dich aus diesem Dreckloch hier verpissen.

Elsie

Quatsch.

Jerry

Halt mich nicht hin, Kuh. Du willst die Fliege machen, türmen, du ziehst ein paar Häuser weiter, du spielst Lawine und machst'n Abgang, wir sind die Bananen und du das Split, du machst dich vom Acker, du machst dich automuhbil …

(Über Jerry muss man eins wissen: Wenn man ihn nicht aufhält, dann hängt der endlos ein Synonym ans nächste, das geht ewig so weiter, wirklich wahr. Also musste ich ihn stoppen, schon meiner eigenen geistigen Gesundheit zuliebe.)

Elsie

Okay. Schön. Vielleicht ist was dran. Und wenn?

Jerry

Na, hast du vielleicht auch mal kurz dran gedacht, was mit dem Rest von uns passiert, wenn du dich hier dünnmachst, wenn du deinen Hut nimmst, wenn du deinen Abschied einreichst, in den Sonnenuntergang reitest …

Elsie

Gar nichts passiert. Für euch wird alles okay sein.

Jerry

Ein Scheißdreck wird okay sein. Der Farmer wird über uns kommen wie der Weltuntergang, wie die Hand Gottes, wie der König Herodes …

Elsie

Schön, schön. Worauf willst du hinaus? Warum ist das mein Problem?

Jerry

Du willst weg. Zufällig will ich das auch.

Elsie

Nein. Null. Vergiss es.

Jerry

Du glaubst wohl, du bist hier die Einzige, die weiß, wie der Hase läuft. Du denkst, du bist die Einzige, die weiß, wo oben und unten ist. Wo die Butter auf'm Brot ist. Wo der Frosch die Locken hat …

Elsie

Jerry!

Jerry

Sorry, tut mir leid. Üble Angewohnheit, ich werde mehr drauf achtgeben, ein Auge drauf werfen, die Sache im Blick behalten, mir 'n Knoten ins Taschentuch machen, scheiße, sorry – was ich meine, ist: Ich weiß auch, wo die Trüffel stecken, Lady! Die werden mich genauso essen wie dich. In dem Laden hier läuft ein Scheißholocaust!

(Ich sagte nichts mehr. Ich wusste, dass Jerry recht hatte, aber ich wusste nicht, was ich dagegen tun konnte. Eine herumreisende Kuh war auffällig genug, aber eine Reisegruppe aus 'ner Kuh und 'nem Schwein, das konnte nur schiefgehen. Jerry quatschte trotzdem weiter.)

Jerry

Und du brauchst mich. Ich hab jede Menge Sachen drauf. Irre Tricks, dass die Leute jubeln und die Rollen rubeln. Schweine sind stinkschlau. Jeder mag uns. Ich kann dir echt helfen!

Elsie

Jaaa, aber Jerry, guck mal: Selbst wenn ich dich mitnehme, in Indien essen sie dich doch genauso wie hier. Sobald sie dich sehen – haps! Schweinefleisch ist für die offenbar ganz lecker.

JERRY

Übler Tiefschlag, Mädchen, ganz übel. Schon mal was von »Hamburgern« gehört?

ELSIE

Sorry, echt. Aber is doch wahr! Kühe sind in Indien heilig, aber Schweine – na ja, Schweine sind da halt auch nur Schweine.

JERRY

Haste mal 'ne Karte da?

(Hatte ich. Ich hatte aus dem Haus eine Weltkarte und ein paar Bände vom Brockhaus geklaut, aus Recherchezwecken und um die Reiseroute herauszufinden. Das war kein Problem, niemand würde es merken – die gesamte Familie informierte sich ausschließlich über ihre Handys. Wobei mir so ein Ding auch für meine Reise hätte nützlich sein können, ich konnte es nur mit den Hufen nicht bedienen.)

JERRY

Na, dann lass mal rüberwachsen.

Jerry rollte die Karte mit dem Rüssel auf. Dass er sie dabei total vollrotzte, fand ich weniger gut.

JERRY

So, und jetzt mal hergespechtet!

Er zeigte mit seinem flachen, kreisrunden Rüssel irgendwo in den Nahen Osten, dahin, wo Kühe ursprünglich herkommen. Und komplett weit weg vom schönen Indien.

ELSIE

Aha. Irak. Und?

JERRY

Irak, Pfeifendeckel! Hier, hier drüben, Schätzchen. Israel!

ELSIE

Israel? Was soll in Israel sein?

JERRY

Nichts soll in Israel sein. Es geht darum, was die dort machen. Oder genauer, was sie dort nicht machen.

ELSIE

Muss ich dir jetzt alles aus dem Rüssel ziehen oder was? Was tun sie in Israel nicht oder doch?

JERRY

Eine Angelegenheit, die man »koscher« nennt.

ELSIE

Und was soll das sein?

JERRY

Das sind steinalte Futterregeln. Verbote. Gebote. Beschränkaciones! *[Das sagte er, als wäre es was Spanisches.]*

ELSIE

Und was sind Juden?

JERRY

Oh, das ist eine lange Geschichte, manche sagen, die größte Geschichte überhaupt, aber letztlich sind Juden nur Christen mit längeren Koteletten. Und sie erzählen die besseren Witze.

ELSIE

Hä?

JERRY

Und sie haben komische Hüte.

ELSIE

Hä?

JERRY

Jarmulkes – das älteste Toupet der Welt.

ELSIE

Hä?

JERRY

Spar dir das dauernde Hähähä – Fokus aufs Wesentliche, kuhte Frau, du musst auf den Ring schauen, nicht auf das Loch in der Mitte. Bei mir gibt es viel Weisheit zu entdecken, da heißt es aufsaugen, nicht dicke Backen machen. Aus irgendeinem Grund, über den sich die Geschichtsforscher noch streiten, haben die alten Juden geglaubt, dass Schweine unrein sind, sie nannten uns »trefe« – uns und die Krustentiere, frag mich nicht, wieso. Sie haben sich vor uns geekelt. Kann man sich das vorstellen? Ich nicht. *[Er hielt das alte Buch hoch.]* Die Juden sind das Volk des Buches. Das Wort ist das Gesetz.

ELSIE

Buchwortgesetz?

JERRY

Das hier ist die Thora, im Alten Testament, aber ich nenne es einfach nur Testament, weil sie wegen mir kein Neues hätten machen müssen. Beim ersten hat alles schon gepasst.

ELSIE

Schön, schön, aber das klingt doch alles grauenhaft. Warum willst du an einen Ort, wo dich alle hassen?

JERRY

Mit Hass kommt man manchmal genauso weit wie mit Liebe.

ELSIE

Das ist mir langsam alles zu hoch.

JERRY

Weil sie uns so sehr hassen, dass sie uns nicht essen!

Elsie

Ach, jetzt …!

Jerry

Das wird himmlisch. Ich lauf locker die Straße lang, und die Leute gehen mir aus dem Weg, als wär ich Bushido. Keiner quatscht mich an, keiner guckt auch nur schräg, aber das Beste: Ich ende garantiert nicht auf irgendeinem Scheißteller neben zwei verblödeten Kartoffelklößen.

Ich musste zugeben: Da hatte er recht. Sehr, sehr recht sogar, und ich sah das genauso: ausgestoßen zu sein war viel besser, als gegessen zu werden, und wenn man so wie Jerry eher grenzwertige Umgangsformen hat, dann ist das Leben als Rebell vielleicht sogar ganz spaßig. Ich wäre eine Göttin und er so was wie der Teufel, und vor allem wären wir beide am Leben. Die Menschen und ihre Ideen waren vielleicht total lächerlich, aber wir waren verzweifelt genug, sie zu unserem Vorteil zu nutzen. Also gab ich nach. Ich nickte. Ich sagte, er könne mitkommen und ich würde alles versuchen, damit ich nach Indien käme und er nach Israel, aber ich könne nichts versprechen. Er lächelte, grunzte, küsste mir das Knie mit seiner Schnauze und sagte: »Nächstes Jahr in Jerusalem!«

Und dann sagte er:

»Nenn mich Schalom.«

21

Auf geht's: Türkei

Schließlich stand meine Reiseroute in die Stadt fest. Jerry, pardon: Schalom war vielleicht eine üble Nervensäge, aber in logistischer Hinsicht hatte er's echt drauf. Ich muss zugeben: Schweine sind wirklich ganz schön clever. Eines Nachts, ungefähr drei Tage bevor Jerry und ich abhauen wollten, stand ich grade einfach so da und dachte an mein Leben in Indien und wie cool das wohl sein würde, als Gottheit verehrt zu werden und alles, da hörte ich ein merkwürdiges Geräusch an der Stalltür, so eine Art Schlurfen und ein helles Gurgeln, als würde grade wer eine Handvoll Murmeln runterwürgen und dabei gleichzeitig »Murmeln« sagen. Das Mondlicht fiel durch die Fenster des Stalls. Was immer da vor sich hin murmelwürgte, es ging oder stolzierte vielmehr genau in den Lichtfleck, und ich konnte sehen, was es war: ein Truthahn.

Wir Kühe kennen die Truthähne nicht besonders gut. Die wohnen ganz woanders auf der Farm. Manchmal gehen wir auf dem Weg zur Weide an ihnen vorbei, aber wir kommen eigentlich fast nie ins Gespräch. Irgendwie sind das furchtbar nervöse Typen, die sind auf so eine Art zapplig, dass sie einem schnell ziemlich unsympathisch werden, und außerdem machen sie einen selber ganz wahnsinnig, also geht man ihnen besser aus dem Weg. Aber das ging bei diesem Truthahn schlecht, weil er genau auf mich zukam.

TRUTHAHN

Bist du die Kuh, die sich jetzt Elsie Q. nennt?

ELSIE

Wer will'n das wissen?

TRUTHAHN

Mein Name ist Truthahn. Tom Truthahn.

Das sagt er so wie »Bond. James Bond«, da muss ich mir ein Kichern verkneifen, ich tu einfach so, als hätte ich eine Hühnerfeder im Hals.

TOM

Meleagris gallopavo, Mama-san. Nicht zu verwechseln mit *Numida meleagris,* das ist das Helmperlhuhn. Alles klar bei dir, kleine Lady? Ich kann auch das Heimlich-Manöver anwenden, bevor du mir erstickst, da kenn ich mich aus.

ELSIE

Nein, nein, geht schon wieder.

Allmählich sah ich, dass dieser Truthahn nicht wirklich auf sein Äußeres achtete. Er war dünn wie ein Grashalm, und seine Federn waren völlig zerzaust, wenn sie ihm nicht grade abfielen und in alle Richtungen segelten.

Trotzdem wirkte er ein wenig eitel, beinahe eingebildet, und er hatte diesen arroganten Gang, wie ein Zuhälter in einem schlechten alten Blaxploitation-Film aus den 70ern.

TOM

Sag jetzt nichts. Ich weiß, du fragst dich gerade: »Du, was ist das für ein blendend aussehender Prachtkerl von einem Truthahn, und womit verdiene ich das Glück, dass er ausgerechnet auf mich zuhältert?«

ELSIE

Falsch. Aber so was von.

TOM

Komm schon, kannst es ruhig zugeben.

ELSIE

Ich dachte mir: Wann hat dieser kleine flugunfähige Vogel wohl zuletzt was gegessen? Mann, bist du dünn!

TOM

Schön, dass es dir auffällt.

ELSIE

Ich hab hier noch ein bisschen Pampe, die das Schwein nicht mehr wollte, und Hühnerfutter ist auch noch übrig.

In dem Moment kriegte er einen halben Nervenzusammenbruch. Das ganze Möchtegern-Zuhältergetue fiel von ihm ab. Er reagierte auf das Essen wie Dracula auf ein Kreuz.

Tom

Pack das Zeug weg! Bist du bekloppt?

Elsie

Spinnst du? Du könntest was zu essen vertragen. Du siehst grauenhaft aus!

Tom

Alles Muskeln, Baby. Alles Muskeln und Knorpel und Knochen.

Tom machte so eine Bodybuilding-Pose, ein Bein vor, den Flügel ausgestreckt – sie nennen es »Bogenschütze«.

Elsie

Du solltest echt was essen. Und nenn mich nicht Baby.

Tom

Ich kann nichts essen.

Elsie

Gibt's da auch'n Grund?

Tom

Weil ich sonst dick werde.

Elsie

Ach, einer von diesen Magersüchtigen? Kenn ich. Oder gehörst du zu den Bulimikern, die alles wieder rausreihern? Nee, halt, oder isses dieses Dysmorphodings, wo man sich selbst anders sieht, als man wirklich ist? Oder bist du eine Ente, die aber im Körper von einem Hühnchen gefangen ist, das im Körper von einem Truthahn klemmt? Ein Truthentchen? Oder wie?

TOM

Blödsinn! Ich bin komplett funktionstüchtig in der Hauptsteuerung. Du liegst vollkommen falsch. Ich sage nur: Der November ist nah!

ELSIE

Na, und was ist im November? Nimmst du ab, damit du im Badehöschen gut aussiehst, wenn du in den Süden fliegst? Oh, da fällt mir ein: Fliegen ist ja bei dir nicht …

TOM

Sag mal, muss ich's dir vielleicht buchstabieren? Der vierte Donnerstag in jedem November – Thanksgiving! Da futtert jeder in Amerika einen Truthahn. Jeder! Wir reden von Millionen Menschen, und das heißt, dass sie an diesem schwarzen Tag jedes Jahr auch Millionen von uns schlachten!

ELSIE

Oh. Das ist echt scheiße. Aber immerhin: Es ist nur ein einziger Tag im Jahr.

TOM

Deswegen achte ich so auf meine Linie. Ich hoffe, dass sie mich ansehen und denken: »Na ja, an der Keule ist praktisch nichts dran.«

Elsie

Guter Plan. Viel Glück damit.

Tom

Ich brauch mehr als Glück. Und ich hab auch einen richtigen Plan.

Elsie

Ach du Scheiße. Nicht du auch noch.

Tom

Wie man so hört, hast du eine Landkarte …

Versuch mal, auf einer Farm was unter dem Deckel zu halten. Vergiss es. Es heißt nicht umsonst »Gackern wie die Hühner«. Ich schob dem Vogel die Karte hin. Er rollte sie erstaunlich geschickt mit dem Schnabel auf.

Tom

Genau hier.

Ich guckte, wo er hinschnabelt, offenbar auch wieder in den Nahen Osten. Anscheinend führten alle Wege nicht nach Rom, sondern in den Nahen Osten.

Elsie

Schon wieder Irak?

Tom

Schwachsinn. Da. Die Türkei.

ELSIE

Richtig. Und?

TOM

Kannst du kein Englisch?

ELSIE

Ich kann Tieresperanto.

TOM

Also schön. Was heißt »Truthahn« auf Englisch?

ELSIE

Keine Ahnung.

TOM

Falsch. Es heißt Turkey. Und wie heißt die Türkei auf Englisch?

ELSIE

Weiß nicht. Mach ich hier ein Kreuzworträtsel oder was?

TOM

Auch Turkey.

ELSIE

Und?

Tom

Himmel, glaubst du denn im Ernst, dass sie das Tier essen, nach dem sie ihr Land benannt haben? Das ist mein Land, das sind meine Leute. Da drüben bin ich ein Adliger, da drüben lande ich nicht auf einem Sandwich, da bin ich Lord Sandwich. Die wählen mich zum König, da steht mein Name auf den Geldscheinen. Ich werde im Geld schwimmen, da muss ich hin. Und wenn wir schon dabei sind, wir fahren nicht durch Ungarn. Das ist garantiert für uns alle ein Scheißland. Stell dir nur mal vor, wie nach uns all die Ungarn hungern. Da läuft's mir kalt den Rücken runter.

Elsie

Okay, mit dieser Turkey-Türkei, da ist was dran. Aber ich hab jetzt schon Übergepäck: Ich hab ein Schwein dabei, das ich nach Israel bringen muss. Und ein Vogel bremst mich noch mehr aus, vor allem einer, der nicht fliegen kann. Muss man sich mal vorstellen. Ein Vogel, der nicht fliegt – du bist ein einziges Oxymoron.

Tom

He! Sag nicht Ochse zu mir!

Elsie

Oxy-moron, hab ich gesagt.

Tom

Mir egal, was für ein Ochse. Das ist fies.

Elsie

Ich hab keine Zeit für Nettigkeiten.

Tom

Okay, aber was, wenn ich euch nicht wie ein Klotz am Bein hänge, sondern die Sache sogar beschleunige? Denn genau so bin ich, total positiv, nicht nega-ta-tiv …

Elsie

Worauf willst du hinaus?

Und dann, fragt mich nicht, wo er es rausgezaubert hat, weil, Truthähne haben ja keine Taschen, jedenfalls zog er etwas aus seinem ausgefransten Federkleid und schob es mir rüber. Es glänzte im Mondlicht und war genau das, was uns zur Reise noch gefehlt hatte: ein Smartphone.

Elsie

Beeindruckend. Aber das hilft mir nichts. Ich kann's mit meinen Hufen nicht bedienen, und Jerry – pardon: Schalom – genauso wenig.

Tom

Tja. Dann sieh und staune.

Ich könnte schwören, dass mir dieser dreiste Vogel zuzwinkerte. Und dann pickte er mir auf dem Ding was vor wie ein Highschool-Mädchen nach Schulschluss. Die Wettervorhersage, WhatsApp, Uber, sogar Siri gehorchten ihm aufs Schnabelschnippen. Ich unterdrückte mühsam mein Keuchen, ich versuchte, meine Begeisterung zu verbergen, und ich sagte …

ELSIE

Du bist im Team.

22

Ein Augenblick

Die nächsten Tage waren wir schwer beschäftigt. Jede Nacht feilten Schalom, Tom und ich an unserer Route und diskutierten darüber, wie wir das Telefon am effektivsten nutzen konnten, ohne dass uns der Strom ausging. Außerdem mussten wir üben, wie man auf zwei Beinen geht, zumindest Schalom und ich, damit würden wir weniger Aufmerksamkeit erregen als als Vierbeiner, und das war echt sauschwer. Wir haben uns die Hinterfüße wund gelaufen, Nacht für Nacht.

Das muss man sich vorstellen (Obacht! Drehbuch-Alarm!) wie die »Gonna Fly Now«-Montage in »Rocky«, wo er für den großen Kampf trainiert. Ziemlich genau so, bis auf die Einstellung natürlich, wo einer auf im Kühlhaus hängende Kuhleichen einprügelt (klingt das verbittert? Vielleicht bin ich's ein wenig, ich muss da mal drüber nachdenken).

Am Nachmittag vor unserer Abreise waren alle Kühe auf der Weide. Mallory war jetzt echt XXXL. Das Kalb konnte jeden Moment kommen, und ich war traurig, dass ich nicht dabei sein würde, als sie plötzlich einen tiefen grunzenden muh-artigen Ton von sich gab und sich auf die Seite legte. Die Bullen haben irgendwie schneller

»Außerdem mussten wir üben, wie man auf zwei Beinen geht.«

gecheckt, was ablief, als wir. Sie standen am Zaun, einer neben dem anderen, Steve so nervös wie alle werdenden Väter. Mallory muhte gequält, aber es war schwer zu sagen, ob sie das Gesicht vor Schmerz verzog oder lächelte, und dann, das ging beinahe so schnell wie überhaupt der Anfang der Geburt, war das Kalb da, es glitt aus Mallory heraus wie ein kleiner Surfer auf einer kleinen Welle und versuchte sofort zu stehen. Es packte das Leben bei den Hörnern, vom Start weg.

Erst jetzt fielen mir der Farmer und seine Söhne auf, die auch am Zaun standen und zusahen. Und für einen kurzen Augenblick war es, als hätte uns dieses kleine Kalb zusammengebracht, die Menschen und die Tiere. Der Farmer lächelte. Vielleicht war da sogar eine Träne in einem Augenwinkel. Nur ganz kurz, im Augenblick der Geburt, fühlte ich mich, als würden wir zusammengehören, wir alle auf diesem Planeten, und alles würde gut werden. Aber das war nur ein Moment, und Momente sind, wie der Name schon sagt, momentan, und dann sind sie vorbei. Einer der Söhne machte einen Witz über die glibbrige Nachgeburt auf dem Boden, und die Bullen blödelten wieder untereinander herum und taten so, als hätten sie zur Abwechslung mal was richtig Sinnvolles geleistet, und – schnipp! – war der Moment vorüber, und stattdessen hatte ich wieder die Wirklichkeit.

Und die Realität war, dass Mallory ein kleines Kalbsmädchen hatte, ein wunderschönes gesundes Kalbsmädchen. Und obwohl sie todmüde war, schleckte sie das Blut und den ganzen klebrigen Schmodder von ihr ab, während die Kleine versuchte, auf ihren wackligen Beinen zu stehen. »Ich werde sie Klein-Elsie nennen«, sagte Mallory.

Na ja, und da hab ich dann natürlich auch wieder geheult.

23

Abschied ist ein bisschen wie sterben

(siehe Ebstein, Katja)

Bei Sonnenuntergang wachte Mallory auf. Sie hatte lang geschlafen, und Elsie, ihr Kalb, schlummerte noch immer neben ihr. Sie sah verändert aus. Ich begriff nicht recht wieso, auch, weil Kühe ja nicht greifen können. Rätselhaft. Sie sah aus wie jemand, den ich kannte. Und dann fiel der Groschen: Sie sah aus wie meine Mom. »Mallory«, sagte ich.

Elsie

Ich werde heute Nacht verschwinden.

Mallory

Ich weiß.

Elsie

Es tut mir leid, dass ich dich nicht mitnehmen kann, aber ich werde kommen und euch holen, dich und Klein-Elsie, sobald ich rausgefunden habe, wie.

Mallory

Nein.

Elsie

Was, nein?

Mallory

Tu's nicht. Komm nicht zurück. Ich geh hier nicht weg.

Elsie

Wie kannst du so was sagen? Du weißt doch, was sie mit dir machen! Du weißt, was sie mit Klein-Elsie tun werden. Du kennst das R-Wort.

Mallory

Ich weiß. Aber das hier ist das einzige Leben, das ich kenne. Ich bin nicht so mutig wie du. Du bist eine Forscherin, eine Entdeckerin. Ich nicht. Ich weiß genau, es wird nicht lang dauern, bis sie mich umbringen, und bis sie nach mir mein Baby umbringen, aber wir alle müssen eines Tages sterben, und das bisschen Zeit, das mir auf dieser Erde bleibt, das möchte ich in Frieden verbringen, auf der Weide. Ich möchte mit meiner Tochter und ihrem Vater spielen. Für dich klingt das vielleicht nicht nach einem schönen Leben, aber für mich schon. Und ein einziger Tag dieses Lebens ist für mich jedes Opfer wert. Bitte, verachte mich nicht. Du kannst mich gern für eine Memme halten, aber verachte mich nicht.

Elsie

Ich verachte dich doch nicht, Mally, und ich finde auch nicht, dass du feige bist. Ehrlich gesagt denke ich, dass du die mutigste Kuh der Welt bist.

Und das meinte ich auch so. Vielleicht war ich ja selber der Feigling, ich war schließlich die, die davonlief. Vielleicht waren wir aber nur verschieden, für verschiedene Leben bestimmt, und jede von uns tat eben, was sie tun musste. Ich lehnte mich mit meinem ganzen Gewicht an Mallory, so umarmen sich Kühe nämlich. Sie schloss ihre Augen und schlief an mich gelehnt ein. Es war Nacht geworden. Ich hörte ein Rascheln hinten im Stall, und als ich aufsah, warteten ein Schwein, das auf seinen Hinterbeinen taumelte, und ein Truthahn mit einem Smartphone auf mich. Wir mussten los. Ich ging zu ihnen.

Und als ich den Stall verließ und mich ein letztes Mal umdrehte, da überkam mich dieses unglaublich starke Gefühl, dass ich hierbleiben müsste. Warum bloß liebt man Tiere, Orte, Ställe immer dann am meisten, wenn man sie verlässt? In diesem Moment liebte ich alle Tiere hier, sogar die Hühner, sogar die Hunde, sogar die Farmerfamilie, ich dachte an die gemütlichen Tage früher mit meiner Mom auf der Weide, an Mallory und mich und unsere nächtlichen Gespräche. So. Viele. Erinnerungen.

Aber ich musste gehen. Als ich mich wieder umwandte, sah mich das Schwein an. Und sagte: »Abschied ist immer schwer. Sogar von einem richtigen Drecksfleck. Abschied ist sauschwer. Immer. Von überall.«

24

Schlagzeile: Kuh überspringt den Mond

(gefolgt von einem Schwein und einem Truthahn)

Es war eine angenehme Nacht, knapp 20 Grad, wolkenloser Himmel, mäßiger, später nachlassender Wind aus wechselnden Richtungen, Niederschlagswahrscheinlichkeit: null. Nur das Klopfen meiner Hufe auf Gras und ein gelegentliches »Puuh, mein Mund ist so trocken, hat einer vielleicht einen Würfel Zucker?« von Schalom. Wir gingen schweigend eine ganze Zeit nebeneinander her, ehrfürchtig erschauernd angesichts dieses beeindruckenden Moments. »Einwohnerzahl: 75 Millionen, Lebenserwartung: 71,1 Jahre – Wahnsinn! Ich werde 71,1!« – der Gurgelhahn googelte sich mit dem Handy durch die Türkei – »wusstet ihr, dass die Türkei schon seit der Steinzeit besiedelt ist?«

Wussten wir nicht.

»Publikumsfrage (siehe Jauch, Günther): Ihre Lage am Schnittpunkt von Europa und Asien macht die Türkei a) absolut erdbebensicher, b) zu einem Land von geostrategischer Bedeutung, c) zu einem beliebten Treffpunkt für Afrikaner, d) zum EU-Mitglied?« Wir zuckten mit den Schultern. »Die Antwort ist – b! Jawohl! Tür-Kei! Tür-Kei! Steht auuuf, wenn ihr Türken seid!«

Schalom hob einen Fuß. »Schhhhh, leise! Hört ihr das?«

Wir lauschten. Grillen, sonst nichts. Und dann zerschnitt ein Heulen die Stille, das Heulen eines Wolfs. Schalom sah mich an, mit einem Blick wie: »Ach du Scheiße.« Ich sagte, dass das Heulen sehr entfernt klänge, mindestens eine Meile weit weg, das könne uns egal sein, aber tatsächlich war ich ziemlich besorgt. Es ist eine Sache, wenn man Wolfsgeheul für romantisch hält, weil man grade sicher in einem Gehege eingesperrt ist, das von Menschen und Hunden bewacht wird. Aber es ist eine ganz andere Baustelle, wenn man weiß, zwischen dir und dem Wolf befindet sich lauwarme Nachtluft und sonst nichts. Ich hatte mich immer für ein ziemlich wildes Tier gehalten, aber jetzt war ich da nicht mehr so sicher. »Die Türkei hat seit 1923 einen gewählten Präsidenten, vielleicht sollte ich auch mal antreten.« Gütiger Himmel. »Die Türkei hat den Bosporus und das Marmarameer – klingt das nicht traumhaft? Mar-ma-ra … Mar-ma…«

Schalom hatte allmählich die Schnauze voll. »Hörst du jetzt mal auf mit dem Türkenquiz? Du machst die Batterie leer, und was dann, Einstein?«

»Schon gut«, sagte Tom, aber er musste natürlich noch einen rauslassen. »Das Motto der Türkei ist: Alle Macht geht bedingungslos vom Volke aus. Keine Ahnung, was das heißt, aber ich like das! Okay, okay, ich schalt schon ab, fährt schon runter!«

Wir gingen weiter, wir redeten sehr hörbar über albernes Zeug, um uns zu beweisen, wie furchtlos wir waren, wir lachten zu laut über unsere Witze, während das Heulen näher und näher kam. Wir hatten etwa drei weitere

Kilometer zurückgelegt, als zehn Meter vor uns ein scharfer Umriss unseren Weg blockierte. Wie aus dem Nichts war er aufgetaucht, plötzlich war er da, als hätte sich die Dunkelheit selbst zu einer Silhouette geformt. Zu einem Wolf. Einem einsamen Wolf.

»So, so, so«, sagte der Wolf mit einem Wolfsgrinsen.

Schalom kackte sich sofort ein. »Sorry«, sagte er, »nervöser Schließmuskel.« Ich war noch nie vorher in einen Kampf verwickelt gewesen, schon gar nicht in einen Kampf auf Leben und Tod, aber irgendetwas sagte mir: Jetzt war es so weit.

25

Ich liebte dich schon bei »Schalom«

»Eine Kuh, ein Schwein und ein Truthahn kommen in eine Bar …«, sagte der Wolf. Das Mondlicht spiegelte sich ziemlich verstörend in seinen weißen Zähnen. »Ist das nicht der Anfang von einem Witz?«

»Den kenn ich nicht«, sagte Schalom, »der steht nicht in der Thora.«

»Ich lehne solche Witze ab«, warf Tom ein. »Sie transportieren latente Vorurteile …«

»Jaja, du mich auch«, sagte der Wolf. »Ich bin nicht sicher, ob ich die Pointe noch zusammenkriege … eine Kuh, ein Truthahn und ein Schwein kommen in eine Bar, und der Barmann sagt … ah, Moment, hab's gleich … der Barmann sagt: ›Sieh an, hier kommt das Essen!‹«

»Der Witz ergibt doch gar keinen Sinn«, sagte Tom. Sein Schnabel klapperte, weil ihm vor lauter Angst die Spucke wegblieb. Ich hätte schwören können, dass alle hörten, wie meine Knie aneinanderschlackerten.

»Ich mag den Witz«, sagte der Wolf. »Es ist mein Lieblingswitz. Hört mal zu, ihr drei, ich weiß, ihr seid fern der Heimat, und ihr fühlt euch ein bisschen verloren, ihr habt mein Mitgefühl, ehrlich, jedenfalls so viel Mitgefühl, wie man von einem Wolf erwarten kann, also eher weniger, und ich habe auch gar nicht so viel Hunger, also, warum vertrittst du, Kuh, dir nicht mal die Beine, und du, Schwein, du hilfst ihr dabei ein bisschen, und in der Zwischenzeit besprechen dieser Truthahn und ich mal, was auf der Tageskarte steht?«

Tom guckte sehr flau. Ich ergriff das Wort: »Wir sind von einer Farm abgehauen. Ich will nach Indien, Schalom hier nach Israel und der Truthahn in die Türkei. Das hier ist eine Reise von historischer Bedeutung.«

»Moment.« Der Wolf unterbrach mich, indem er eine Pfote hochhielt. Ihm lief bereits das Wasser im Munde zusammen und über die Lefzen außen am Kinn herunter. Er sah das Schwein an, dessen Name früher mal Jerry gewesen war. »Du heißt Schalom?«

»Ja.«

»Ulkig. Du siehst gar nicht jüdisch aus«, sagte der Wolf, und dann schmiss er sich weg vor Lachen, das nahtlos in ein grauenerregendes Heulen überging. Es klang, als würde er in der Wolfssprache alle seine Kumpels zum Abendessen rufen. »Ich bin selber jüdisch, väterlicherseits, als wir aus Kanada eingewandert sind, haben wir unseren Namen von Wolfsheim zu Wolf geändert. Aber du hast leider Pech, ich bin einer von den jüdischen Wölfen, die ihr eigenes Volk nicht leiden können.«

Schalom ertrug es nicht länger. Er zeigte auf Tom: »Er – er hat weißes Fleisch. Fettarm!«

Tom zeigte zurück auf Schalom: »Ja, aber sein Fleisch ist ein Stück Lebenskraft!«

Die ganze Operation ging ziemlich schnell den Bach

runter, wir lieferten uns bereits gegenseitig ans Messer. Ich musste mir was einfallen lassen.

»Wolf, so wie ich das sehe«, sagte ich, und ich versuchte so knallhart zu klingen wie möglich (ich hatte plötzlich sogar einen New Yorker Akzent), »sind wir hier alle Tiere, und vielleicht sind einige ein bisschen wilder als die anderen, schon möglich, aber wir sind alle Brüder und Schwestern, und wir werden alle vom Menschen gequält. Wir wurden eingesperrt und gemästet, nur damit man uns schlachten kann, und du, du wirst von den Menschen beschossen, die sich in den Jagdgründen deiner Väter und Vorväter widerrechtlich breitmachen.« Die Situation verlieh mir sprachliche Flügel, und ich segelte gleich mal weiter: »Und wenn wir uns gegenseitig bekämpfen, wer gewinnt dann?«

»Ich«, stellte der Wolf fest. »Ich würde gegen euch gewinnen. Jederzeit.«

»Nein, der Mensch! Unser aller Feind!«

»Oh, ah, jetzt verstehe ich«, sagte der Wolf nickend, »alles klar: gemeinsamer Feind.« Ich schöpfte Hoffnung, da fügte der Wolf hinzu: »Du, Politik ist nicht so meins. Ich nehm einfach den Truthahn.«

Er glitt mit diesem aufreizend lässigen Wolfsgang auf Tom zu, seine Augen funkelten wachsam und erbarmungslos. Der Bildschirm des Handys beleuchtete Toms entsetztes Gesicht, sein Kehllappen flatterte in der Nacht.

Aus dem Nichts schoss ein pinkfarbener Blitz durch die Dunkelheit, und der Wolf flog zur Seite, als hätte ihn eine unsichtbare Hand am Genick gepackt. Er jaulte leise und ziemlich erbärmlich. Was in aller Welt …?

»Aus dem Nichts schoss ein pinkfarbener Blitz durch die Dunkelheit.«

Schalom war losgesprintet und hatte sein gesamtes Gewicht gegen den Wolf katapultiert. Und Schalom ist kein Leichtgewicht, er ist ein Mastschwein. Der Wolf war einen Augenblick neben der Spur, aber ich sah, wie seine animalische Kraft und seine Gier bereits wieder in seine Augen zurückkehrten.

»Okay, Fettsack, für diese schwachsinnige Idee bist du hiermit zum Nachtisch ernannt. Das liebt der echte Amerikaner: Koteletts und Speck zum Dessert.« Schalom hatte ihm zwar mit seinem Bodycheck kurzzeitig die Luft genommen, aber der Wolf kam zusehends wieder zu Atem. Mir blieben nur Sekunden, also stürmte ich vorwärts und trampelte auf ihn ein, so gut ich konnte. Ich bin nicht schnell, aber ich bin stark und schwer, und ich spürte ein oder zwei Mal, wie ich etwas Weiches, Nachgiebiges platt drückte.

Jetzt heulte der Wolf vor Schmerz. Ich war ziemlich sicher, dass ich ihm eine oder zwei Pfoten gebrochen hatte, vielleicht sogar ein Bein. Er humpelte davon und verschwand in der Dunkelheit, aus der er gekommen war. Ich schnaubte wie ein Bulle, dann hörten wir aus der Finsternis seine bedrohliche Stimme: »Wir sind noch nicht fertig! Ich komme wieder, und dann bring ich meine Freunde mit.«

Angesichts des humpelnden Wolfs wurde auch Tom endlich wieder etwas mutiger. »Bring sie ruhig mit, Kleiner«, kollerte er. »Dir hat gerade eine Milchkuh in den Arsch getreten. Bring deine Kumpels ruhig mit. Dann können wir ihnen sagen, was passiert ist. Ein Spitzentruthahn, ein fettes kleines Schwein und eine Muhkuh haben dir den Arsch in Scheiben geschnitten und als Pausenbrot mitgegeben. War uns ein Vergnügen!«

26

Landkuh, Stadtkuh

Wir zogen weiter, immer mit einem Ohr auf das Wolfsrudel lauschend. Wir waren total müde von der ganzen Lauferei, aber als die hohen Gebäude der Stadt am Horizont auftauchten, kehrten unsere Kräfte zurück, als hätten wir eine Nacht durchgeschlafen. Wir hatten schon seit einiger Zeit nichts mehr gesagt. »Muhkuh, hm?«, sagte ich zu Tom, um die Stimmung etwas aufzulockern.

»Und überhaupt«, quengelte Schalom, »wen nennst du hier fett? Ich hab eben einen trägen Stoffwechsel. Ich bin kräftig gebaut, ich hab schwere Knochen …«

»Jetzt macht mal einen Punkt«, sagte Tom, »das war doch nur so dahingesagt. Im Siegesrausch, da könnt ihr mir echt keinen Vorwurf machen. Ich bin frei wie ein Vogel, ich sag halt meine Meinung.«

»Und was wolltest du mit dem Handy machen, als der Wolf dich angegriffen hat?«, fragte Schalom. »Wolltest du ihn umgoogeln? Oder mit so 'ner Taschenlampen-App blenden?«

Wir lachten. Wir liefen und lachten noch mehr, auch weil der ganze Stress rausmusste, und als wir ungefähr eine Meile vor der Stadt waren, beschlossen wir, uns noch mal hinzulegen, um am nächsten Tag in Topform zu sein. Wir hielten abwechselnd Wache, die Begegnung mit dem Wolf hatte uns vorsichtig gemacht.

Am nächsten Morgen würden wir versuchen, Flugtickets zu reservieren, nach Indien, Israel und in die Türkei, und dann würden wir verkleidet zum Flughafen gehen. Ich hatte mir die Kreditkartennummern des Farmers gemerkt, Visa und American Express, damit sollten wir die Flugtickets bezahlen können. Hatten wir die erst mal, war der Rest ein Kinderspiel. Die Bestellung würden wir übers Handy erledigen, und mit seinem Schnabel konnte Tom die richtigen Tasten drücken.

An einer kleinen Straße grade vor der Stadtgrenze hielten wir an und wählten uns ins Internet ein. Es flutschte wie Klein-Elsie aus Mallory, und obwohl sich Tom gelegentlich vertippte, kriegten wir alles gebacken. Drei Tickets warteten am Flughafen auf uns, eines nach Mumbai, eines nach Tel Aviv, eines nach Istanbul, nonstop, klar, wegen der hungrigen Ungarn. Es klappte. Ich konnte es kaum glauben, aber es klappte. Wir tranken etwas Wasser aus einem nahen Fluss und machten uns auf in den Betondschungel.

Nun gut, das mit den Tickets war nicht so schwer gewesen, dazu musste man ja nicht sprechen. Aber jetzt mussten wir irgendwie zum Flughafen kommen, ohne unterwegs angehalten zu werden.

Wir liefen jetzt an den allmählich höher werdenden Gebäuden der Innenstadt vorbei. Der Asphalt tat langsam meinen Hufen weh. Da sahen wir einen Mann in einer Schürze, der aus dem Hintereingang einer Bar kam, zu den Mülltonnen ging und etwas hineinkippte, das aussah wie eine Menge gutes Essen. Er warf es einfach weg. Das war mindestens eine Wochenration.

Vorsichtig näherten wir uns der Mülltonne. Drinnen prügelten sich schon einige Ratten um das Futter. Sie sahen uns mit hasserfüllten Augen an. Ich sagte: »Keine Sorge, liebe Ratten, hier ist genug für uns alle.«

»Genug für alle – Blödsinn. Was wollt ihr hier, ihr Landeier? Ihr seid auf Rattengebiet. Ihr übersteht hier keine drei Tage. Welcome to the jungle, baby (siehe Rose, Axl), ihr werdet alle sterben!« Und dann schoss diese miese Ratte auf mich zu und biss mich genau über dem Huf ins Bein, sodass es richtig blutete. Ich konnte es kaum glauben. Die Ratte lachte. »Braucht ihr 'n bisschen was?«, fragte sie dann. Die hatte echt nicht mehr alle Latten am Zaun. »Ich hab Gras, Koks, Ecstasy – alles, was Herz, Lunge und Vene begehren. Hey, hier gibt's nicht nur einen Trog, hier gibt's jede Menge Trog-*ennn*.«

Mir stand das Maul offen, mir fiel dazu absolut nichts ein. Die Ratte lachte wieder. »Macht, was ihr wollt, aber früher oder später kommt ihr ja doch angekrochen. Nicht vergessen: Der erste Trip ist umsonst!« Und dann haute sie ab. Bevor sie verschwand, drehte sie sich noch mal um. »Ach, Schweinchen«, sagte sie mit einem höhnischen Lächeln, »ich hab dir was besonders Gutes drin gelassen. Buon appetito, ihr Bauernschädel.«

Also, ich habe echt gegen kein Tier irgendwas, und auf der Farm, da hatte ich einige Ratten gekannt, das waren echt prima Kerle, clever, fleißig, mit Unternehmergeist – jede Menge Familiensinn, ganz bodenständige Tiere. Also waren das hier einfach seltsame Ratten, und das konnte ich mir nur so erklären, dass man eben so wird, wenn man in einer derart unnatürlichen Stadt wohnt, da dreht man ein bisschen durch. Denn diese Stadtratten waren echte A-löcher. Richtige Sackratten.

Wir gingen also Mülltauchen. Es war total irre, was die Leute alles wegwarfen. Mit diesem angeblichen Müll hätte man Dutzende Tiere füttern können, da waren halb gegessene Brötchen drin, Reis, gutes Grünzeug. Es ergab einfach keinen Sinn, was die Menschen machten, aber wir waren alle halb verhungert, also hauten wir ordentlich rein. Ich kaute gerade an einem Salatkopf, als ich hinter mir ein klägliches Quieken hörte. Es war Schalom. Er war vor Schreck erstarrt, seine Augen waren weit aufgerissen, seine Lippen zitterten wie bei einem Ferkel. »Was ist los?«, fragte ich ihn: »Sag schon.« Aber er bekam kein Wort heraus, er konnte nur deuten. Dort, auf einem Stück Mohnbrötchen, war eine cremeweiße Masse. Sie sah irgendwie eklig aus, weil sie schon ein wenig ins Ölige spielte. Ich hatte so was noch nie gesehen. Ich roch daran. Sie roch eigentlich ganz gut. Ich leckte daran. Sie schmeckte auch gut.

SCHALOM (vormals: Jerry)

NEEEEEEEEEIIIIIIIN!

Ich hörte mitten im Lecken auf, als würde ich gerade fotografiert. Schalom *versuchte was zu sagen, aber er stotterte nur herum.*

Schalom

M-M-M-M-M-M-M-M-M…

Elsie

M-was?

Schalom

M-M-M-M-M-A-A-A-…

Elsie

Ma—m?

Schalom

MAYONNAISE!!! MAYONNAISE!!! MAYONNAISE!!!

Elsie

Okay, Mayonnaise. Ich hab's begriffen, was soll der Aufstand?

Schalom

MAYONNAISE!!! MAYONNAISE!!! MAYONNAISE!!!

Elsie

Stell die Sirene ab!

Tom flatterte herüber und nickte wie der Leichenbeschauer in einem schlechten »Tatort«.

Tom

Ah ja, da haben wir's, es ist Mayonnaise.

SCHALOM

MAYONNAISE!!!

ELSIE

Was ist hier los, verdammt noch mal?

TOM

Es gibt da bei den Menschen ein seit Jahrzehnten sehr beliebtes Sandwich, bei dem Mayonnaise die Standardsoße ist. Es heißt *[und dabei flüsterte er mir zu]* BLT *[es klang wie »blit«].*

ELSIE

Blit?

SCHALOM

BLT!

TOM

Na ja, wie soll man das diplomatisch formulieren? Das L steht dabei für Lattich, also Salat, und das T für Tomate …

ELSIE

Schön.

SCHALOM

GAR NICHT SCHÖN!

TOM

Und das B steht für …

Schalom

Sag es nicht! Sprich nicht das Wort, das ungesprochen bleiben soll!

Tom

Bratspeck?

Schalom

NEIN, nicht das B-Wort!

Und dann tickte er völlig aus. Er knallte seinen Kopf gegen die Wand der Mülltonne, versuchte vor dem Sandwich zu fliehen. Ich verstand. Sein B-Wort war mein R-Wort. Wahrscheinlich hat wohl jeder von uns so ein spezielles Wort. Es war übel. Tom hatte Schalom inzwischen unter seinen nutzlosen Flügel genommen und tröstete ihn, indem er seine Schnauze streichelte.

Tom

Ruhig, ruhig. Das muss man alles psychologisch sehen, wahrscheinlich geht das alles auf seine Mutter zurück, die Mistsau … die Sache mit dem, äh … Eck-Spey.

Schalom

Was war das? Was hast du gesagt?

Tom

Nichts, nur Eck-Spey. Egal, Eck-Spey ist für Schweine wie … wie Kryptonit für Superman, Eck-Spey und Eine-Schwey-Eisch-fley …

SCHALOM

Sag mal, hast du sie noch alle? Glaubst du, ich versteh kein Schweinelatein? Das haben wir erfunden. Deswegen heißt es Schweinelatein!

ELSIE

Ach, *das* haben die Ratten gemeint …

TOM

Entspann dich, ich hab nur Eine-Schwey-Eisch-Fley gesagt, aber egal: Letztlich trifft einen so was immer ins Herz … PREISELBEERSOSSE!!!! PREISELBEERSOSSE!!!! PREISELBEERSOSSE!!!!

Jetzt rastete plötzlich TOM *total aus, er sprang auf und ab, flatterte wie krank, seine Flügel schleuderten Essen und Müll durch die Gegend. Vor allem eine seltsame, dunkelviolette, puddingartige, völlig künstliche Masse, die immer noch die Form der Blechdose hatte, aus der sie gerutscht war.*

ELSIE

Okay, Preiselbeersoße. Na und?

SCHALOM

Interessant. Geht's hier um Eisel-Prey-Eer-Bey-Oße-Sey?

TOM

Na und, fragst du. Na und, sagt sie! Na und? Ich sag dir, was na und: An jedem Erntedankfest liegt direkt neben dem toten Vogel, neben dem ermordeten Truthahn – ein

Schüsselchen mit Preiselbeersoße. Die dreckigen Preiselbeeren sind Verräter! Die Preiselbeeren machen das Erntedankfest überhaupt erst möglich. Preiselbeeren sind der Hagen von Tronje unter den Beilagen! Sie wachsen in dreckigen Sümpfen, und da sollten sie besser auch versumpfen. Was ist eigentlich ein Sumpf?

SCHALOM

PANADE!!!!!

ELSIE

Geht das schon wieder los!

Jetzt hatte ich nicht nur einen Truthahn am Hals, der auf und ab sprang und »Preiselbeersoße« schrie, nein, das eben wieder halbwegs beruhigte Schwein mit der Speckphobie drehte wieder voll auf aus Angst, dass neben einer Art hellbeigen Teigschicht ein Itzel-Schney lauern könnte. Wenn er jetzt noch auf eine Scheibe Itrone-Zey stieß, war er nur noch ein quiekender Fall für die Klapse. Und ich fragte mich, ob ich in diesem Moment wirklich als allerletztes Tier auf der ganzen Welt mitbekommen hatte, dass die Menschen uns alle essen, und nicht nur das, sie werfen das meiste von uns weg, ohne es zu essen, sie werfen uns weg wie Abfall. Also, ganz ehrlich, wenn ich umgebracht werde, damit mich wer isst, dann möchte ich auch wirklich gegessen werden und ausgekackt, dann bin ich wenigstens wieder ein Teil des natürlichen Kreislaufs, aber bitte: Bringt mich doch nicht einfach so um, ganz ohne Grund! Und während mir all das durch den

Kopf ging, sah ich ihn plötzlich – einen halb aufgegessenen Hamburger. Und da drehte ich dann auch durch. Ich muhte wie ein Todesengel. Das ganze Land war vollkommen wahnsinnig und trieb mich auch in den Wahnsinn. Genau das ist es, dachte ich: Rinderwahnsinn.

27

Koschere Küche

Schalom war mies drauf. Schweine erholen sich nicht so schnell, ein dickes Fell ist dem Schweine nicht gegeben. Sie wälzen sich lieber im Schlamm. Wir hatten noch ein paar Stunden totzuschlagen, bevor wir zum Flughafen mussten, also dachte ich, wir könnten ja einen Abstecher nach Klein-Israel machen, ins jüdische Viertel der Stadt. Vielleicht würde es Schalom auf andere Gedanken bringen, wenn er schon mal in seine neue Welt hineinschnuppern konnte.

Dort gingen wir als Erstes in einen Klamottenladen. Wir kauften ein paar Regenmäntel und Sonnenbrillen und Hüte als Verkleidung. Ich sage hier »kauften«, aber letztlich haben wir das Zeug geklaut. Das war ganz einfach, weil niemand erwartet, dass eine Kuh, ein Schwein und ein Truthahn in einen Laden kommen und ein paar Ray-Bans (Schleichwerbung) und eine dunkle kurze Hose klauen, wie sie der Kerl von AC/DC immer anhat – und weil niemand damit rechnet, nehmen die Leute einen praktisch gar nicht wahr, so als wäre man durchsichtig. Die Leute sehen das, was sie zu sehen erwarten, was sie sehen möchten, und wenn man sich nicht total bescheuert anstellt, dann ist man regelrecht unsichtbar. Danach gingen wir in einen Buchladen und zwickten ein paar Bücher über das Judentum für Schalom und einen Davidstern, den er um den Hals tragen konnte, und eine Jarmulke für seinen Kopf.

Schalom blühte zusehends auf. Er lächelte die Männer an, die mit ihren breitkrempigen Fellhüten vorbeigingen, und auch die Frauen in den farb- und freudlosen Kleidern. Er fing an ihnen zuzunicken und sagte: »Das sind meine Leut« oder »Schalom, Bruder, guten Schabbes!« und einen Haufen anderer Sachen, die ich nicht verstand. Die Menschen machten einen weiten Bogen um ihn. Das Schwein hatte recht gehabt, diese Leute würden ihn nicht mit der Kneifzange anfassen. Sie sahen ihn an, als wäre er verrückt, und manchmal sah es aus, als lägen sie damit richtig.

Ein paar rotznäsige Kinder rauschten auf Fahrrädern vorbei und rammten uns beinahe. »Ihr kleinen Schmocks!«, schrie Schalom. Er benutzte immer mehr fremde Wörter, er nannte es Jiddisch, aber wenn ihr mich fragt, dann war das auch nur so eine erfundene Sprache wie sein Schweinelatein. Er redete die Passanten auf Jiddisch an, und langsam, aber dann immer deutlicher gewöhnte er sich einen wunderlichen Akzent an, als wäre er aus Polen nach Brooklyn eingewandert. Er sagte, dass die Kinder »meschugge« wären. Einmal schrie er erbost: »Vergesst niemals die sechs Millionen!« Er fing an, sich über die »Gojim« zu beklagen, und fand, er müsse sich mal nach einigen »Aschkenasim« umsehen. Und ich dachte – hä? Sind das nicht diese Turnschuhe mit den drei Streifen (Schleichwerbung)? Aber was weiß ich schon, es gibt nicht viele jüdische Tiere nördlich von New York, jedenfalls nicht außerhalb der Catskill Mountains.

Schalom fing an die Hora zu tanzen und sang dazu: »Wenn ich schweinereich wär – diedel diedel diedel diedel diedel diedel diedeldum«, aus *Anatevka*. Und als er damit fertig war, sang er alle Barbra-Streisand-Songs, die ihm grade einfielen, und dann quiekte er sich durchs Kurt-Weill-Gesamtwerk, aber irgendwie machte sich niemand was draus, nicht mal der Haifisch, obwohl der doch Zähne hat. Und dann plötzlich, inmitten der ganzen Kurzweill, hielt Schalom inne.

Sauspannend, oder?

28

The First Cut Is The Deepest

(siehe Stevens, Cat)

»Ich brauch e Mohel«, verkündete er.

»Du brauchst was?«, fragte ich. Wir hatten uns alle von seiner Begeisterung anstecken lassen.

»Nicht was. Wen! Ein Mohel ist ein Mann, der beherrscht die Kunst zu entfernen dem Penis eines jüdischen Mannes die Vorhaut.«

»So was wie ein Schwanzschneider?«, half Tom.

(Den Gag liebt meine Verlegerin. Ich bin da aber nicht so überzeugt.)

»Oi Gewalt! Was a Chuzpe. Wenn du schon musst sein so gewöhnlich, nu, soll er sein a Schwanzschneider. Ech bin e Jid, ober ech hob e Schmekel von e Goj, und mei Petzl mecht konvertieren. Domit mer macht e Siegel unter den Pakt met unserem Herrn, und fühl ech mich unbehaglich, wann ech geh nach Israel met eine Schlong, wo nicht fehlt vorn a bissel wos. Wann ihr wisst, wos ech mein?«

(Hier sollte ich vielleicht hinzufügen, dass meine Verlegerin der Ansicht ist, »Zweideutigkeiten funktionieren in allen Kinderfilmen der Welt«. Keine Ahnung, was sie damit meint.)

Ich fand das, was er da sagte, schon ein bisschen unappetitlich. Aber es war nicht zu übersehen, dass Schalom fest entschlossen war, einen bestimmten Teil seines Körpers erst entfernen zu lassen und dann der Ehre seines Gottes zu opfern, also googelte Tom einen möglichst nahe gelegenen Mohel. Es gab fünf, und das im Umkreis von nur 50 Metern. Da sage noch einer, dass man nie einen Mohel findet, wenn man einen braucht.

Wir suchten und fanden seine Adresse. Schalom schien vor dem Haus kurzzeitig der Mut zu verlassen, aber dann zauberte er irgendwoher eine geklaute Flasche Arrak hervor und nahm drei großzügige Schlucke. Er bot Tom an, sich gleich mitbeschneiden zu lassen, er könne sicher einen kleinen Rabatt raushandeln, zwei zum Preis von einem, aber Tom lehnte dankend ab. »Wie lang wird das dauern?«, fragte ich.

»No, länger«, sagte Schalom. »Schau, braucht mer e Stund für e kleine Wiese, braucht mer mehr Stund für e große Wiese, verstehst?« Dann drehte er sich mit einem todesmutigen Gesichtsausdruck auf den Hinterbeinen um und verschwand im Haus.

»Na, dann sind wir hier ja in zehn Minuten durch«, rief ihm Tom nach.

Während wir warteten, bis Schalom mit dem Mohel fertig war, oder eher: der Mohel mit Schalom, schlenderten Tom und ich durch die Nachbarschaft. Ich fühlte mich ein bisschen unwohl, so ohne unser Kraftschwein, vor allem, als wir an einigen Würsten im Fenster eines Metzgers vorbeikamen; und dann lag da auch – mir wird noch immer schlecht, wenn ich nur dran denke – Rindszunge, in dünnen Scheiben auf Roggenbrot. Mir drehte sich alles, mir war, als müsste ich sofort kotzen. Tom ging es ähnlich, als er durch die Tür hörte, wie eine Menge Truthahnsandwiches bestellt wurden. Glücklicherweise hatten wir unsere Regenmäntel, Hüte und Sonnenbrillen an, sodass niemand erkannte, wer oder eher: was wir waren.

29

Oben bloss ein bisschen wegnehmen, bitte

Nach einer Viertelstunde gingen wir wieder zurück zum Mohel. Die Tür ging auf, und da stand Schalom mit einer Art notdürftiger Windel um die Hüften und einem Lutscher im Maul. Wenn ein Schwein noch bleicher und weißer und rosafarbener sein kann als sonst, dann war er bleicher und weißer und rosafarbener als sonst.

»Das ging aber flott«, sagte Tom, um ihn etwas aufzuheitern.

Schaloms Gesicht war aschfahl. »Mei armer Schmekel. Mer nie wieder werden reden über das, wos da drinnen ist vor sich gegangen. Ist das verstanden?«

Tom und ich verbissen uns das Lachen und nickten.

»Nie wieder«, sagte Schalom, »niemals, unter keinen Umständen. Dieser schlechte Mensch, dieser Kerl da drin, dieser Mann ist ein Menuwel! Ich habe gesehen Dinge! Ich sage euch, ich habe gesehen Dinge, die sollte sehen kein Schwein der Welt. Dinge, die man nicht kann machen ungesehen. Was gerade geschehen ist dort drinnen – ist! Nicht! Geschehen!«

Wir legten natürlich sofort los. »Nur, damit es keine Missverständnisse gibt«, fragte Tom sarkastisch nach,

»wir sprechen nie wieder von dem Mohel und deinem Stopfomat?«

Schalom zuckte schwach zusammen und zischte: »Red nicht so!«

»Komm, vergiss es«, sagte Tom, und er krümmte sich schon ein wenig. »Das ist doch alles schon schwahnzinnig lange her!«

»Schmock!«

»Worum ging's? Um einen Mohel?«, hakte ich nach.

»Sehr witzig«, grunzte Schalom, »auf einmal jeder ist ein Komiker.«

Aber Tom konnte nicht widerstehen: »*Der letzte Mohelkaner* – war der nicht mit Daniel Day Lewis? Oder war das *Wenn der Mohel zweimal schnippelt?*«

»Schluss mit den Gags unter der Gürtellinie, du Putz!«

Kurz war Stille, dann sagte ich: »Muuuhhh-el.«

»Schnauze!«

»Bitte? Ich hab nur gemuht«, sagte ich. »Du kannst einer Kuh das Muheln nicht verbieten!«

»Das ist nicht komisch, Jungs, wai, es scheuert total meine Windel. Und alle machen Witze auf meine Kosten – ihr Gojim seid alle gleich.«

30

Flieg wie ein Adler. Oder ein Eichhörnchen

Wir näherten uns dem Flughafen, das war nicht zu überhören, denn die Flugzeuge über uns wurden lauter und lauter und flogen dabei immer tiefer und tiefer. Tom beobachtete sie fasziniert und flatterte ein wenig mit den Flügeln. »Was machst du da?«, fragte ich ihn.

»Sieht eigentlich gar nicht so schwer aus«, sagte er. »Also: das Fliegen.«

Und ohne ein weiteres Wort begann er zu sprinten, er flatterte wie wahnsinnig und versuchte abzuheben. Er schwang sich tatsächlich in die Lüfte, etwa zwölf Zentimeter. »Habt ihr das gesehen?«, schrie er. »Ich bin geflogen!«

»Ja, klar«, schwindelte ich.

»Jetzt passt mal auf«, und damit rannte er wieder weg, auf die kleine Klippe des Hügels zu, auf dem wir uns gerade befanden, und dazu röhrte er den alten Steve-Miller-Klassiker: »I want to flyyy like an eagle …«

Damit sprang er so hoch, wie es nur ging, von der kleinen Klippe, schwebte tatsächlich einen Moment lang, und dann flog er elegant wie eine Tonne Backsteine senkrecht nach unten. Schalom und ich rannten zur Felskante und kamen gerade rechtzeitig, um Toms Landung zu sehen – Schwanzfedern über Schnabel, mit einem Grunzen und einem KLUMPP!! und einigen recht beachtlichen Überschlägen. Es war insgesamt sehr unterhaltsam, der Kojote, der immer dem Roadrunner nachrennt, schlägt unten in der Schlucht nicht schöner auf. Miepmiep.

Tom rollte langsam aus, richtete sich auf und keuchte: »Das ist auch so was, was niemals passiert ist.«

»Genau jetzt wos?«, fragte Schalom süffisant. »Wie du grade eben host verloren gegen das Gesetz der Schwerkraft? Da man kann mal sehen, biste gut im Austeilen, biste nicht aso gut im Einstecken. Wos dem einen seine Landung, ist dem anderen sein Lachkrampf.«

»Ich sagte: nie passiert«, brüllte Tom, während er zu uns zurückhumpelte. »So wie dein Mohel nie passiert ist, du gestutztes ...«

»Schon begriffen«, schnitt ihm Schalom das Wort ab und rückte seine Windel zurecht. »Brauch ich es nicht ausführlicher.«

»Ob wir was gesehen haben?«, fragte ich.

Wir gingen eine Weile schweigend nebeneinander her. Ich konnte sehen, wie Schalom Tom heimlich beobachtete, er spürte, dass Toms großer Traum auf dem Boden zerplatzt war, und das schien Schalom nahezugehen. Letztlich sagte er: »Noch mal wegen der Sache, die nie passiert ist.«

»Ja?«, sagte Tom und ahnte schon einen weiteren Tiefschlag von uns. »Also, bist du vielleicht nicht direkt geflogen«, sagte Schalom sanft, »ober schwör ich: Bist du gesegelt im Gleitflug wie a echter Held!«

»Ehrlich?«, fragte Tom, und seine Miene hellte sich etwas auf. »Gleitflug, das ist schon nahe dran am Fliegen, oder?«

Und jetzt schmunzelte Schalom. »War des a Gleitflug wie von einem Flughörnchen, mein Pilotenkhaver. Bist du gewesen der König von den Flughörnchen.«

31

Bodycheck-in

Die Abfertigungshalle am Flughafen war furchtbar groß und verwirrend für uns, und wir mussten uns zu einem dieser Check-in-Automaten durchschlagen. Tom war immer noch in der Verleugnungs-Phase: »Vielleicht gleite ich einfach in die Türkei. Wer braucht schon Flugzeuge?«

Ich protestierte sofort. »Nichts da, Tom, wir brauchen deinen Schnabel, weder Schalom noch ich haben Hände, mit denen man greifen kann, dein Schnabel ist das Fingerähnlichste, was wir haben, also bitte, gleit uns nicht weg!«

»Also schön, aber nur, weil du es bist: Die Truthansa bleibt noch eine Zeit lang am Boden.«

»Ich weiß das zu schätzen, wirklich«, sagte ich, während wir das Terminal betraten. Ich war so glücklich, dass unsere Verkleidungen funktionierten.

Trotzdem mussten wir einen ganz interessanten Anblick abgeben. Die gute alte Elsie, auf den Hinterfüßen knapp zwei Meter groß (die Rückenschmerzen brachten mich fast um, oder wie Schalom sagen würde: Oi!), im Regenmantel und mit Sonnenbrille auf der Schnauze, Schalom in der kurzen Angus-Young-Hose, und hinterher trottete unser Haustruthahn an der Leine.

Wir hatten immerhin auch daran gedacht, Tom als Trösthahn anzumelden, Geflügel als emotionalen Beistand. Wenn man total Flugangst hatte, musste man seinen Hund nicht ins Gepäck geben, sondern durfte ihn als Trösthund in die Passagierkabine mitnehmen. Wir hatten Tom einfach nach demselben Prinzip online eingecheckt. Er hatte sich das nötige Know-how aus dem Handy geholt, und weil er dabei auch auf einige psychotherapeutische Grundlagen gestoßen war, konnte man ihn kaum noch aushalten. Er kippte immer wieder in einen österreichischen Akzent und sagte Sachen wie »No, das Schweinderl, es hat einen Essbarkeitskomplex« oder auch »Verzähln S' mer doch bittschön was von Ihrer Frau Mutter«. Er behauptete, der Schmerz in meinen Hufen wäre eigentlich nur in meinem Kopf, und ich sagte ihm, dass die Schmerzen gleich alle in seinem Arsch wären, wenn er nicht mit dem Quatsch aufhörte.

»Offenbar projiziern Sie da an gewissn Widerstand auf meine Person, gnädige Frau. Ich sollte wohl a Pfeiferl rauchn. Hättn Sie mehr Respekt, wann ich a Pfeiferl rauchert?«, fragte er.

Tom hatte noch ein zweites Problem: Die Leine machte ihn nervös und brachte ihn furchtbar ins Schwitzen. Alles, was seinem Hals zu nahe kam, machte ihn nervös, und das konnte ich gut verstehen – seine größte Urangst, in seiner DNA vererbt und verankert und weitergegeben über Jahrhunderte hinweg von Generationen von Truthähnen, die im Schatten des amerikanischen Thanksgiving aufgewachsen waren, seine größte Angst war die vor dem Hackstock. Den Hals lang gezogen, die Klinge, die durch die Luft blitzt und mit Lichtgeschwindigkeit nach unten zischt, und dann zieht vor den Augen noch einmal das abrupt verkürzte Leben vorbei.

»Verkneif's dir!«, schrie Tom. Ich hatte gar nicht gemerkt, dass ich die letzten Sätze laut gesagt hatte.

»Entschuldige«, sagte ich. Als wir beim Automaten ankamen, fuhrwerkte Tom mit den Flügelspitzen an seinem Halsband wie Theo Lingen als Rektor in den »Pauker«-Filmen an seinem Kragen. Schalom vergnügte sich, indem er Tom wie einen Hund behandelte, er sagte dauernd so Sachen wie »bei Fuß« oder »brav!«. Dazwischen las ich unsere Bestellnummern vom Handy-Display ab, damit Tom sie mit dem Schnabel auf dem Bildschirm einpicken konnte. Es klappte wie am Schnürchen, unsere mühsame Planungsarbeit machte sich bezahlt. Wie aus einem Zauberkasten rutschten die Bordkarten aus dem Ausgabeschlitz des Automaten, eine, zwei, drei. Wir kamen uns vor, als hätten wir den Hauptgewinn gezogen, denn genau das waren diese Tickets für uns: das ganz große Los.

»Sog, Rin Tin Tin, denkst du, ech wär ebbes a Hur?«

32

HUND BEISST SCHWEIN

Wir schlenderten gemütlich zur Anzeigetafel, wo die Abflugzeiten und die dazugehörenden Gates aller ankommenden und abgehenden Flüge angeschrieben waren. Unsere Flüge – nach Indien, in die Türkei, nach Israel – waren alle pünktlich. Es war zu schön, um wahr zu sein. Jeder von uns nahm sich einen der Pässe, die wir dem Farmer aus der Schublade mit den Unterhosen stibitzt hatten, und als wir merkten, dass nun der Abschied gekommen war, weil jeder zu seinem Gate musste, da fiel uns auf, dass wir das Interesse von einem dieser Bombenspürhunde geweckt hatten, vor allem Schalom. Schalom fuhr herum und sagte: »Nehmen Se mal Ihre Nase aus mein Toches, Meister!«

»Et hätt noch immer joot jejeange, joote Frau, isch mach hee nur minge Job«, sagte dieser Schäferhund in breitestem Kölsch, und weil da auch jede Menge New Yorker Slang mitschwang, hörte er sich letzten Endes so ähnlich an wie Dirk Nowitzki. »Wie heißte denn, Spätzelein?«

Dank der Windel und der Verkleidung hielt diese merkwürdige Amtstöle Schalom wohl nicht nur für einen Hund, sondern gleich für eine Hündin.

»Nu, Meister, wos hoben Sie grade mich genannt? Hob ech da gehört so was wie Spätzelein?«

Noch vor Schalom begriff ich, was hier ablief, und ich schüttelte sofort eindringlich meinen Kopf und flehte ihn stumm an, unsere Tarnung nicht auffliegen zu lassen. Wir waren SO kurz vor dem Ziel!

»Isch mag et, wenn ens en Mädscher besser jepolstert ess«, witzelte der Hund knurrend, »dat ess in Ordnung, nää, lüür disch ens an, Jungejunge, wiedu do op dinge Hinterbeine stehs, do machs misch janz verröck. Kann isch dich ens anjaulen? Soll isch mal jaulen? Do, isch jaul disch sujet von dorsch ...«

Schalom tat mir richtig leid, ich meine, erst am Vormittag die Sache mit der verletzenden Schnitzarbeit an seinem besten Stück, und jetzt wurde seine geplagte Männlichkeit gleich wieder attackiert, diesmal psychisch.

»Sog, Rin Tin Tin, denkst du, ech wär ebbes a Hur?«

Der Hund inhalierte inzwischen die Luft rund um Schalom, als wäre es das beste Parfum weit und breit. »Löstich, dasste dat sachs, evver isch bin met däm Rin Tin Tin sujar verwandt, övver ming Mam. Nää, sach ens, häste schon ens jet met ene Schäferhungk jehavv? Mir Kölsche, wat soll mer saage, mer maache unsre Job, und mer nemme et janz jenau, bei öns steht nit nur dä Dom immer senkrääsch, weißte?«

»Wos redste für meschuggenen Kram?«

»Willste wat Leckeret hiervon ...?« Der Hund hielt jetzt Schalom seinen Hintern vor die Nase. Das konnte nicht gut enden. »Die füttern mir hier Steak, kannste dat rüche? Nemm mal en Naas voll, isch jevve dä jään wat av, Spätzelein ...« Das war echt richtig widerlich.

Schalom klatschte dem Hund auf den Hintern: »Wos

hoben se denn bei dir eingeschraubt verkehrt herum? Kennst du kein Schwein, wann du es host vor der Nosn?«

Der Hund erstarrte, er hielt den Atem an, sein Blick verriet Schock, Enttäuschung und Scham, alles auf einmal.

»Selbverständlisch, dat weiß isch doch. Minge Naas ess en Präzisionsinstrument, isch han det sofort jeroche, evver nit nur die Schweinerei, ooch det du womööchlich Drogen am Schmuggeln bess!« Und dann sagte er etwas in ein Funkgerät an seinem Halsband: »Code jrün, isch weederhol's noch ens, mer han ene Code jrün, isch bruch ens Verstärkung.«

»Halt, halt«, keuchte ich, »nicht so schnell, das ist nicht fair.«

»Und bin ich e Kerl außerdem«, betonte Schalom.

»Äh – dat han isch jetzt nit janz jeraff, det jev isch zo. Bess do sischer?«

»Ob ech bin sicher?«, quiekte Schalom.

Der Hund nickte. »Okay, denn muss isch dä Herrschaften leider all bitten, dat se ens metkumme. Is dat do ene Troothahn?«

»Maseltov«, sagte Schalom. »A Treffer. Jetzt schon.«

Der Hund bellte seine menschlichen Begleiter herbei. Das lief alles total aus dem Ruder!

»Warte«, sagte ich. Ich musste irgendwas unternehmen, bevor sich die Menschen einmischten. »Es ist ja wohl inzwischen klar, dass du in diesem Job nicht die große Koryphäe bist.«

»Dat ess mööchlisch, okay, minge olfaktorische Kräfte waren vielleisch nit die besten vun dä janze Klass. Wat bess jetzt do? Ne Hirsch?« Er schnupperte an mir.

»So ungefähr«, sagte ich, »oder eine Kuh. Eine Kuh oder ein Hirsch, eines davon bestimmt. Manchmal weiß ich's selbst nicht so genau.«

»Koh hätt ich jleisch als Nächstet jesaht, Koh kenn isch. Koh reesch janz ähnlisch.«

»Hör mal«, bat ich ihn, »wir haben doch alle unsere Träume, und meiner ist es, nach Indien zu fahren. Der Truthahn will in die Türkei, und der Schweinehund oder was auch immer will nach Israel.«

»Und wat jeht misch dat ahn?«, fragte der Hund unbeeindruckt.

»Na, komm, wenn du ehrlich bist – das hier ist doch auch nicht dein absoluter Traumjob, oder? Du hast doch gar nicht die Nase dafür, das ist ja wohl offensichtlich.«

»Janz schön feine Witterung häste, dat kennt man ja vun üch Hirsche. Et ess wahr, dat war der Wunsch von minge Bap, dat ech ens Schnüffeljeschäft jonn soll, su wie singe Bap vüür ihm. Jään mach isch dat nit, dat kannste mir jlööve.« Der Schäferhund machte plötzlich ganz traurige Augen und klemmte seinen Schwanz zwischen die Hinterbeine.

»Schlimm. Wenn's nach dir gegangen wäre, was wärst du denn dann geworden?«

»Ne Blindehungk!«, sagte er betrübt. »Isch wär immer su jähn die Lück am Helfen jewesen, ävver minge Bap hätt jesäht, im Zoll, da haste nen sischeren Job, na ja, und denn han isch minge Traum anne Naagel jehänk. Wemmer et jenau besieht, han isch mer jenau diesen Naagel domit inne Fooss jetreten.«

»Eben das sag ich dir doch die ganze Zeit«, schwallte

ich weiter. »Wir alle haben unseren großen Traum mal an den Nagel gehängt. Aber da hängt er noch immer, und wir können ihn jederzeit wieder herunternehmen!«

»Nää«, seufzte er, »dat es zo spät. Isch ben zo alt, isch bin jetzt fönf, dat ess schon koot vüür de Mettlife-Crisis.«

»Unsinn, Mann, fünf sind die neuen drei. Du kannst das auch! Schau, kannst du die Abflugtafel da oben lesen?«

»Was fragst du denn den? Das kann doch ich …«, platzte Tom dazwischen, bis ich ihn unauffällig trat. »… nicht. Ich kann's eigentlich überhaupt nicht lesen. Wer kann schon so was lesen? Keine Sau!«

Schalom erkannte sofort seinen Einsatz: »Genau. Und wer könnte besser das beurteilen wie ech? Ist total verschwommen von hier, brauch ech a Teleskop. Wenigstens.«

Der Hund sah hoch. »Also, isch kann et lesen.«

»Ehrlich?«, fragte ich. »Erstaunlich.«

Sein Schwanz wedelte sich zaghaft von halbmast nach oben. »Klar, wat bruucht ehr? Indien sähste – dat ess 15:55 Ohr, Gate 31. Türkei 14:30 Ohr, Gate 11, und Israel nit vüür 19 Ohr, Gate 41.«

Wir applaudierten schön langsam, damit er unsere Verblüffung auch gut mitkriegte. »Mann, das sind keine Augen mehr, das sind – Feldstecher. Du hast da zwei Laser!«, flötete Schalom.

Ich tat so, als würde ich mir total verschämt den Regenmantel zuhalten. »Wahnsinn, du hast nicht zufällig auch noch Röntgenblick? Wie Krypto, der Superhund? Du kannst doch nicht durch meine Klamotten durchgucken, oder?«

Sein Schwanz wedelte derart begeistert, dass der gesamte hintere Hund mitwackelte. »Metkumme!«, japste er und sprang auf eines dieser großen Golfwägelchen, die immer piepsend auf Flughäfen rumfahren. »Die jehören zo mie«, bellte er dem Fahrer zu, und dann türmten wir uns alle übereinander auf den Wagen. Wir hatten einen VIP-Shuttleservice durch die Passkontrolle gewonnen, direkt zu unseren Gates. Das einreisefreundliche Global-Entry-Programm der USA war ein Klacks dagegen, wir kriegten den ausreisefreundlichen Global Exit!

Der Schäferhund knipste die Piep-Sirene an und beugte sich zu mir vor: »Vielleisch häste ja rääsch, Hirsch. Et ess nie zo spät!«

33

Im Kleinen kleinlich, aber dann mit dicker Hose

Wir kamen zuerst zu Toms Gate. Wir verabschiedeten uns von Dirk Schäferwitzki, und er rauschte in seinem Wägelchen ab – ein ganz neuer Hund. Schalom und ich brachten Tom bis zum Gate.

»Na ja, ich denke, das war's dann wohl«, sagte Tom. »Wie kann ich euch je für alles danken? Mal sehen, welches Ticket ist meins?« Er zog die Bordkarten hervor, blätterte sie durch und sagte dann: »Oh-oh.«

»Was?«, fragte ich, »stimmt was nicht?«

»Ich wusste, das war zu günstig, um wahr zu sein. Scheiße. Ich hätte die Dinger nicht über Groupon bestellen sollen!« Er hielt mir die Karten hin: »Da gab es Rabatt, wenn man gleich drei Tickets genommen hat, ein echt geiler Rabatt, aber ich glaub, dadurch haben wir jetzt alle denselben Flug. Ich kann nichts dafür, wirklich, da ist mein Vater schuld – der hatte immer Geldprobleme.«

»Was?«, schrie Schalom, »wie komm denn jetzt ech nach Israel?«

»Wir können dir in der Türkei einen Anschlussflug besorgen, das ist gar nicht weit.«

»Spiel du mir nicht Reisebüro, du trübe Schnabeltasse! Muss ich ins Gelobte Land!«

»Okay, okay«, sagte ich, »das war ein Fehler. Ein echt dämlicher, total übler …«

»Ja, aber nur aus Sparsamkeit«, wich Tom aus. »Der Fehler war vielleicht übel und dämlich, aber er war günstig. Bittschön, es gab da immer einen Mangel an mütterlicher Zuneigung, Herr Hofrat, Frau Doktor, Sie müssen verstehen, von daher ist a ständiges Gefühl der Unterversorgung ganz natürlich, auch dass man sich selbst gewissermaßen net genügt, und das spielt dann hinein in den finanziellen Bereich und gerät vielleicht auch ein wenig ins Geizige …«

»Ich dachte, dein Vater war das Problem?«, sagte ich.

»No, wie ich doch sag – Vater, Mutter, olles, do seht's ihr, wie schlecht es mir gangen ist …«

»Bitte«, sagte Schalom, »tu einfach mal halten das Mojl.«

»Aber andererseits ist das vielleicht auch Schicksal«, probierte es Tom erneut. »Wir sollen uns vielleicht gar nicht trennen. Wir sollen bis zum Ende zusammenbleiben. Wir haben alle Tickets in die Türkei, wir alle wollen hier so schnell wie möglich weg. Ich will heute ganz bestimmt nicht als Abendessen von irgendwem enden und Schalom nicht als Schalalampe von irgendeinem Polizeihund, also tun wir's doch einfach. Auf geht's: Türkei!«

Das Schwein nickte zögernd. Was blieb uns auch anderes übrig? Wir gaben der Flugbegleiterin am Gate unsere Bordkarten.

»Ich könnt jetzt schon sein auf dem Weg nach Tel Aviv«, knurrte Schalom zu Tom, während wir durch den Blechtunnel zum Flugzeug gingen, »wann du nicht warst gewesen so a billige Schnorrer!«

34

Abheben ohne Flügel

Keiner von uns war schon mal geflogen, schon gar nicht in einem Flugzeug. Und obwohl es stimmt, dass die Beinfreiheit jämmerlich gering ist, gerade für größere Säugetiere, so ist doch das Wunder des Fliegens eine umwerfende Erfahrung. Die Muster des Erdbodens tief unten zu betrachten, die weißen Wolken zu durchschneiden, als wären sie das Netz einer göttlichen Spinne, das saublaue Blau des Himmels, heiße Nüsschen – das alles erlebten wir zum ersten Mal, und es war atemberaubend. Schalom regte sich auf, als er merkte, dass er am Sabbat reiste, dann fing er an zu behaupten, in den Schinken-Käse-Sandwiches, die die Stewardessen über den Fluggästen abwarfen wie Care-Pakete, würden einige seiner Verwandten aufgetischt. Als Krönung fiel er vor einem der Servierwägelchen auf die Knie und schrie wie ein Irrer »Onkel Schlomoooo«! Letztlich beruhigte er sich so weit, dass er den Bordfilm *Ein Schweinchen namens Babe* ansehen konnte. Dreimal hintereinander, wobei er lauthals die Fehler kritisierte.

»Joi, der Film ist e Dreck«, wetterte er. »E Schwein niemals würd wollen zu sein wie e Hund.«

Trotzdem machte uns keine der Stewardessen Ärger,

in einem Flugzeug benimmt sich sowieso irgendwie jeder wie ein Tier, von daher fielen wir gar nicht auf. Wenn ich's genau betrachte, waren wir sogar noch am menschenähnlichsten. Die Leute waren widerwärtig, ihr hättet nur mal die Toiletten sehen sollen.

Am liebsten sah ich Tom zu, wie er aus dem Fenster guckte. Es war sein Jungfernflug, und auch wenn er in einer Blechröhre unterwegs war, so war er doch das erste Mal wirklich in der Luft. Da, wo er als Vogel hingehörte. Zum ersten Mal in seinem Leben war er kein Oxymoron. Ich sah, wie er bei jedem Steigflug, in jeder Kurve des Flugzeugs die Flügel mitbewegte, beim Steigen und Sinken, ganz als wäre er derjenige, der flog. Eine Träne lief ihm über den Schnabel, und ich hab natürlich gleich wieder mitgeschnieft. Er sah, dass ich ihn beobachtete, und sagte: »*Marley & ich* – wos für a Filmderl! Da muss i ein jeds Mal plärrn. Da Dodestrieb, die Libido, die Wunscherfüllung – es ist einfach olles drin.« Ich nickte und guckte weiter die zweite Staffel von *Breaking Bad*.

35

Istanbul ist Konstantinopel

Ich döste ein bisschen weg, die warmen Handtücher waren so gemütlich. Irgendwann beugte sich eine Frau entrüstet zu mir herüber und beklagte sich über den Service: »Die behandeln einen hier wie Vieh. Wie die Kühe.« Ach was, echt?, dachte ich, hier wird man also geschlachtet und in kleine Krümel zerhäckselt und dann gegessen, oder wie? Doch wohl eher nicht, oder? Aber weil ich ja nicht reden kann, machte ich das einzige Geräusch, womit ich ihr zu verstehen geben konnte, dass ich ihr zugehört hatte. Ich muhte. »Muuuuuuuuuh«, sagte ich.

»Da haben Sie recht«, lachte die Dame. »Wie die Kühe, muuuh.« Ich muhte weiter, weil das in der Situation alles war, was ich tun konnte, und sie sagte: »Donnerwetter, das klingt aber wirklich erstaunlich echt.« Ich lächelte und schnaubte und machte für sie noch ein paar andere Geräusche aus meinem Kuhrepertoire, und kurz darauf lachte sie schallend und hatte ganz vergessen, wie sauer sie gerade noch gewesen war, und wenig später brachte sie die gesamte Passagierkabine zum Mitmachen und Mitmuhen.

Schalom las die meiste Zeit die Thora und benörgelte weitere unrealistische Details in *Schweinchen Babe*. Irgendwann schrie er: »Mäh, ihr Schafe, am Arsch!« Tom, der

Trösthahn, stolzierte den Gang auf und ab, als wäre er der Pilot, er sorgte dafür, dass alle eine gute Reise hatten, dass man sich um jeden kümmerte und dass alle emotional »eingebunden« waren. Eine Stewardess war sogar so nett und ließ ihn kurz ins Cockpit zu den Piloten, wo er dann gar nicht mehr rauswollte. Als er wiederkam, hatte er den österreichischen Akzent gegen einen Fliegerdialekt eingetauscht und sagte: »Ich könnte dieses Baby fliegen. Jederzeit.«

Kurz vor dem Landeanflug lehnte er sich über mich, weil ich den Fensterplatz hatte, und dann konnten wir unten schon die Landschaft erkennen: das Land der Truthähne. Das Blau der Ägäis, die wundervolle Küstenlinie und die Städte. Tom seufzte, schüttelte den Kopf und sagte: »Da ist es. Da liegt es. Es ist so wunderschön. Mein. Land.« Dann überkam ihn für einen Moment eine ganz melancholische Stimmung, und ich fürchtete schon, das wäre diese Trauer, die in genau dem Moment auf einen lauert, in dem man sein großes Lebensziel erreicht – das kennt ihr vielleicht auch, dieses Gefühl: So, jetzt hab ich es geschafft … und was jetzt? Und Tom sagte: »Weißt du, in Frankreich dachte man lange, dass Truthähne aus Indien kämen, also nannten sie uns ›d'Inde‹. Und in der Türkei nennen sie uns heute noch manchmal ›Hindi‹, aus demselben Grund. Und da hab ich mir gedacht, vielleicht wäre es gar nicht so schlecht, wenn ich mit dir nach Indien gehen würde. Ich meine, immerhin heiße ich so wie ihre Landessprache, oder nicht?«

Ich sagte nichts. Ich lächelte nur und nickte. Ich wusste, dass ihn sein neues Leben nervös machte und dass er auf diese Art einfach sagen wollte, dass ich ihm fehlen würde.

Toms Tagträume wurden von einer Stewardess unterbrochen, die mit einer Anstecknadel zu uns kam, einem dieser billigen Kapitänsabzeichen für Kinder, und sie fragte Tom, ob er gerne Ehrenpilot wäre und ob sie ihm die Nadel anstecken dürfte. Tom zuckte lässig mit den Achseln, sagte: »Klar, wenn die Dinger wegmüssen.« Aber als sie ihm das Abzeichen ansteckte, brach die Fassade weg. Er umarmte sie mit seinen Flügeln und schluchzte los: »Danke, danke, danke«, heulte er. »Soll ich den Jungs da vorne helfen, bei der Landung in 'Bul?« Die Stewardess lächelte, obwohl sie kein Wort von dem verstand, was er da aus seinem Kehlsack knödelte. »Ich sage nur«, fügte Tom hinzu, »wenn's haarig wird, könnt ihr jederzeit zu mir kommen. Ich bin ein Vogel, Schätzchen, ich bin hier, wenn ihr mich braucht. Allzeit bereit.«

Er salutierte vor der Stewardess mit einem Flügel, und sie begriff genug, um strammzustehen und zurückzusalutieren, und dabei zwinkerte sie mir zu. Menschen können manchmal ziemlich nett und verständnisvoll sein. Vielleicht sind sie ja noch nicht ganz verloren.

Über die Lautsprecher kam die Durchsage, wir sollten zur Landung unsere Sicherheitsgurte anlegen. Schalom schwitzte wie ein Schwein. Ich konnte mir denken, weshalb, also lehnte ich mich rüber zu ihm und flüsterte: »Ich weiß, in der Türkei leben vor allem Moslems. Aber wir sind ja nur ganz kurz da und gleich wieder weg.«

»Kein Problem«, sagte Schalom, »ist bloß die Flugangst. Kennst du doch den Spruch ›Das glaub ich dir erst, wenn Schweine fliegen‹? Gibt's den nicht ohne Grund. Wir sind einfach nicht für hier oben gemacht. Ich hab drei

Zolpidem eingeworfen, aber die Wirkung lässt nach, und ich hab keine mehr! Das ist total unnatürlich, was ich hier mache, Himmel …« Er drehte sich zu den Passagieren um und schrie: »Hat hier wer eine Zolpidem? Ambien? Xanax? Oxycontin? Mimosenwurzel? Hey! Ich brauche Stoff, gebt mir was, schnell!«

Wir flogen durch einige Turbulenzen, und Schalom quiekte wie am Spieß: »Oi! Mer werden sterben alle! Tiere sollten nicht spielen Gott! Sind wir geflogen zu nah an der Sonne, zu nahe, oi weh! Mer werden sterben alle!« Tom, der emotional unterstützende Trösthahn, flüsterte mir »Überlass das mal den Profis« zu und rutschte rüber. Er legte den Flügel um Schalom, hielt eine Zeit lang seinen Fuß und erzählte ihm in gemütlichem Österreichisch, dass es in der Sage von Dädalus und Ikarus gar nicht ums Fliegen ginge, das sei mehr ein präfreudianisch-ödipales Psychodrama über Menschen, die sich zu hohe Ziele steckten, und dann lenkte er ihn noch ein bisschen mit Detailwissen aus der Aeronautik und Googlekrimskrams über das Fliegen ab.

36

Truthahn rein, Truthahn raus

Und genau in dem Moment, als die Räder auf der Landebahn aufsetzten, schlief Schalom wegen der ganzen Tabletten ein. Toller Zeitpunkt, echt ganz toll. Tom und ich mussten ihn in die Mitte nehmen, als wir das Flugzeug verließen. Tom zögerte noch kurz, als er am offenen Cockpit vorbeikam, er sah sehnsüchtig auf die komplizierten Kontrollinstrumente und Warnlampen, als wollte er am liebsten hierbleiben. Unablässig polierte er mit ein bisschen Spucke das kleine Abzeichen, das sie ihm verpasst hatten.

Durch die Passkontrolle sind wir dann einfach so durchgerauscht, man kann es kaum glauben, und dann brauchten wir eine knappe halbe Stunde, bis wir halbwegs aus den Gängen und Treppen raus waren und in der Nähe des Ausgangs in der Ankunftshalle standen. Es war merkwürdig und auch einschüchternd zu hören, wie die Menschen hier zwar in Menschensprache redeten, aber doch ganz anders, als man es von zu Hause kennt. Sie sprachen Türkisch, und das war schon auch ermutigend schön, aber auch ein bisschen gruslig. Ich verstand kein Wort. Ich hatte auch keine Ahnung, wo wir hingehen sollten. Tom hatte schon ziemlich lange nichts mehr gesagt, und

Schalom war eingeschlafen, er lag schnarchend und sabbernd auf dem Boden. Bis er wieder aufwachte, saßen wir hier fest.

Ich zog los, um einen Kaffee aufzutreiben. Türkischer Kaffee sei der beste und stärkste der Welt, hatte ich mal gehört.

Tja, wie trinke ich wohl meinen Kaffee, hm?

Die Milch da drin sähe eigentlich ganz gut aus, aber ihr kocht sie ja ab, und dann schmeckt sie nach gar nichts mehr. Und was ist eigentlich das für Quatsch mit dieser Halbfettsuppe oder diesem 0,1-Prozent-Dreck? Bei der Milch ist doch das Fett die Hauptsache! Ihr Menschen seid echt komisch, ihr macht euch die ganze Zeit Gedanken übers Essen, aber dabei wollt ihr aussehen, als würdet ihr überhaupt nie essen.

Der türkische Kaffee erfüllte alle Erwartungen. Nach ein paar Schlürfern mit meiner Zunge fühlte ich mich, als könnte ich meilenweit sprinten und stundenlang pinkeln. Außerdem beschwor die türkische Zauberbohne den Lockruf des Kuhfladens herauf. Ich brauchte ein stilles Örtchen. Und ich wusste ja, dass ihr Menschen nicht einfach überall hinmacht, also dachte ich, andere Länder, andere Sitten, mach's eben wie sie. Ich kehrte wieder zu Tom und Schalom zurück. Die hatten keinen Piep gesagt, seit wir das Flugzeug verlassen hatten. Tom starrte noch immer ins Nichts, den Kopf in den Wolken. Ich öffnete Schaloms Schnauze und ließ einen ganzen Becher türkischen Kaffee reinlaufen. Seine Augen klappten auf und begannen zu rotieren wie zwei Roulettekessel, bis sie bei Zero stehen blieben. Er sprang auf und brüllte: »Da sind wir wieder!« Ich sagte Tom, dass ich mal wohin müsste. Er kam kurz zu sich, lächelte und sagte: »Da kenn ich den richtigen Ort.« Er flatterte los, und wir folgten ihm.

37

Auf, auf und nirgendwohin

Tom führte uns durch das Ganglabyrinth und dann durch eine Tür, auf der wohl so was stand wie »Bitte nicht eintreten«. Natürlich auf Türkisch, also bin ich nicht sicher, ob es genau das bedeutet hat, aber es stand in Knallrot drauf, und jede Menge beunruhigender Linien strichen irgendwelche Sachen durch. »Bist du sicher, dass wir hier richtig sind?«, fragte ich Tom.

Tom öffnete die Tür, und wir standen praktisch auf dem Rollfeld. Die Triebwerke der Maschinen waren ohrenbetäubend laut. Tom flatterte vorneweg. Er führte uns zu einem von diesen kleineren Flugzeugen, wahrscheinlich eine Privatmaschine, und dann sagte er: »Machen wir eine kleine Spritztour!« Ich erschrak derart, dass ich all meine damenhaften Manieren vergaß und einen großen Fladen auf dem Asphalt platzierte. Bei Schalom wirkte der türkische Kaffee ähnlich, denn er schloss sich meinem Vorbild an und errichtete ebenfalls ein größeres Depot.

»Wovon um alles in der Welt redest du?«, brüllte ich Tom an, weil man sich wegen der ganzen startenden und landenden Flugzeuge kaum verständigen konnte. »Wir haben grade unser Leben riskiert, um in die Türkei zu kommen, du hast dir dein Wunderland noch nicht mal angesehen, und da willst du schon wieder zurück ins nächste Flugzeug?«

»Genau«, sagte Tom. Seine Augen blitzten konzentriert. »Während unseres Flugs ist mir klar geworden: Meine Heimat ist da oben. Fische müssen schwimmen, Vögel fliegen. Die Vorfahren der Truthähne sind geflogen, es ist in meiner DNA, und als ich da oben war, habe ich es in jedem Knochen gespürt. Da gehöre ich hin. Es gibt keine andere Heimat für mich als die große blaue Unendlichkeit. Der Himmel ist mein Zuhause.« Und dann sprang er durch die offene Flugzeugtür. Schalom und mir blieb keine Wahl, wir mussten hinterher.

Tom schoss ins Cockpit, setzte einen Kopfhörer auf, drückte sofort einige Knöpfe und schnappte sich eine Checkliste, die er abarbeitete. »Weißt du überhaupt, was du da tust?«, fragte Schalom.

»Vögel fliegen. Das ist ihr Beruf. Und, was bin ich?«

»Na ja, schon ein Vogel. So was in der Art«, antwortete Schalom.

»Eben«, sagte der Vogel und knallte uns die Cockpittür vor der Nase zu. Das Nächste, das wir von ihm zu hören bekamen, war die Ansage über die Lautsprecher, und obwohl in der Kabine nur wir zwei waren, brüllte er, als wäre sie bis auf den letzten Platz besetzt.

»Äh, hier spricht Ihr Kapitän, sieht aus, als wären wir die Nächsten hier auf der Startbahn, also, meine verehrten Damen und Herren, bitte klappen Sie Ihre Tische hoch und bringen Sie Ihre Sitzlehnen in eine aufrechte Position. Flugbegleiter: Startvorbereitungen!«

»Vögel fliegen. Das ist ihr Beruf.«

Es gab keine Flugbegleiter. Während Schalom sich anschnallte, drehte er sich blass zu mir um und sagte: »War schön, dich gekannt zu haben.« Ich glaube nicht, dass er das als Witz meinte.

Die Maschine rollte das Flugfeld entlang, und ich glaube, wir hatten überhaupt keine Starterlaubnis, weil nämlich einige andere Flugzeuge ziemlich wirr herumlenkten, um uns nicht zu rammen. Der Start zog sich unangenehm in die Länge, und ich befürchtete schon, Tom wollte gar nicht fliegen, sondern uns mit dem Flugzeug nach Israel fahren. Während wir schneller wurden, konnte ich einen Zaun am Ende der Startbahn sehen und dahinter nichts als das schöne blaue Marmarameer und ein auch recht schönes nasses Grab. Ich schloss die Augen und bereitete mich auf den Aufschlag vor. Ich hatte getan, was in meiner Macht stand. Ich hatte einen Traum gehabt, ich hatte versucht, ihn zu erreichen, und ich hatte es sogar beinahe geschafft, es war ganz knapp gewesen, mit diesem Ende konnte ich leben. Schalom weniger. Er schleuderte jeden jüdischen Fluch, den er kannte, gegen das geschlossene Cockpit. »Du meschuggener Putz! Sollst du kriegen Trichinen. Krepier doch! Unter allen verkackten Spatzenhirnideen, du lausiger Schmendrick …« Dann hörte er auf, aber ich glaube, nur weil ihm das Jiddisch ausging.

Wir rauschten durch den Zaun und über eine Böschung, Nase voraus aufs Wasser zu. Drei meiner Mägen saßen mir schon oben im Hals, und ich schloss meine Augen, das Letzte, was ich sah, waren Wasserspritzer auf den Fenstern und und und … nichts. Unsere Sitze kippten zurück.

Wir waren durch und tatsächlich in der Luft, auf, auf und davon.

Nach ein paar Tausend Höhenmetern hatten sich meine Mägen beruhigt. Tom meldete sich wieder. »Tja, Leute, sorry für den etwas abrupten Steigflug, das war nur ein kleines Missverständnis mit dem Tower.«

»Du bist ja total meschugge«, schrie Schalom, »du gefiederter Schmock!«

»Als kleine Entschuldigung für die Unannehmlichkeiten beim Start erlauben wir uns, Ihnen ein Freigetränk anzubieten. Wir werden bald unsere Reiseflughöhe von 10 000 Metern erreicht haben. Wir erwarten gutes Flugwetter, dennoch empfehlen wir Ihnen, während der gesamten Flugdauer die Sicherheitsgurte geschlossen zu halten, es kann jederzeit zu unerwarteten Schweinsflatulenzen – äh, Verzeihung, ich meine: Luftturbulenzen …«

»Ich werd dich hargenen!«, schrie Schalom.

»Die Flugzeit beträgt etwa zwei Stunden, also lehnen Sie sich zurück und genießen Sie Ihren Flug, wir sind ruckzuck am Ben Gurion International Airport in Israel. Danke für Ihre Aufmerksamkeit.«

Als Schalom »Israel« hörte, hielt er mitten im Schimpfen inne und begann zu lächeln. Er sah aus dem Fenster, als könnte er es schon sehen. »Israel«, sagte er, und er streichelte dabei liebevoll jede Silbe, als hätte sie göttliche Kraft.

»Is-ra-el«, flüsterte er.

Dann kam er wieder zu sich und brüllte: »Schlog ech dir trotzdem in den Saumagen, du Schlemihl!«

38

Das Unterhaltungsprogramm an Bord

Toms Lernfortschritte waren erstaunlich. Er hatte recht, er hatte ein Flügelchen fürs Fliegen. Nach kaum zwanzig Minuten hantierte er mit der Maschine wie ein altgedienter Pilot. Der weitere Flug verlief tatsächlich ohne Zwischenfälle. Nach etwa anderthalb Stunden meldete Tom sich wieder über Lautsprecher: »Verehrte Damen und Herren, hier spricht Ihr Kapitän. Wegen der außerordentlich hohen Sicherheitsvorschriften in Ben Gurion werden wir einen eher niedrigen Anflugwinkel bevorzugen und unsere Reise ein wenig unterhalb des Radars fortsetzen. Bitte bleiben Sie ruhig und entspannt, sollten wir die eine oder andere Baumkrone touchieren. Wir wissen um das reichhaltige Angebot an Fluglinien, daher danken wir Ihnen herzlich dafür, dass Sie sich für Truthansa entschieden haben, und wünschen Ihnen eine angenehme Weiterreise zu Ihrem endgültigen Reiseziel. Flugbegleiter: Landevorbereitungen!«

Als wir in den Sinkflug übergingen, sah Schalom mit derselben Ehrfurcht aus dem Fenster, wie Tom vorher die Türkei betrachtet hatte. Wir erreichten rasch eine Flughöhe nur hauchdünn über der örtlichen Wohnbebauung.

Es war zum Fürchten, aber andererseits fühlte sich das Land auch so nahe an, als könnten wir es schon beinahe berühren. Schalom betete unablässig und sagte, er hätte ein kitzeliges Gefühl in den »Schpilkes«.

Dann setzten die Räder auf der Landebahn auf, und Schalom keuchte: »Das Gelobte Land.«

39

Ein Schwein im Gelobten Land

Tom brachte die Maschine schnell und heftig auf den Boden und schrie, wir sollten machen, dass wir rauskämen. Nachdem wir eher unangemeldet und deutlich zu tief den israelischen Luftraum beflogen hätten, sei es nur eine Frage von Minuten, bis uns jemand entdeckte. Wir rasten aus dem Flugzeug und verdrückten uns durch ein Loch im Maschendrahtzaun, der das Flugfeld umgab. Schon konnten wir die Vorstädte von Tel Aviv sehen, und Tom knobelte mit Google Maps den Weg nach Jerusalem aus.

Von Ben Gurion nach Jerusalem – das war eine ziemliche Wanderung, aber nach einigen Stunden Hufmarsch durch fragwürdige Wohngegenden und die glühheiße Wüste kamen wir an eine hässliche Mauer. Sie war aus grauem Beton, mit Graffiti besprüht, und obendrauf hatte man Stacheldraht gesetzt. Auf der Mauer waren Bitten um Gnade oder Veränderung auf Arabisch, auf Hebräisch und auch auf Englisch aufgesprüht. Wir entdeckten ein Bild von Che Guevara in schwarzer Farbe und direkt daneben ein knallgelbes Porträt von Bugs Bunny. In regelmäßigen Abständen kamen wir an bedrohlichen Türmen vorbei, auf denen Männer in voller Bewaffnung standen.

Offenbar war dieser Teil des Landes in zwei Hälften getrennt – auf der einen Seite waren die, die meinten, ihr Gott hieße YHWH (ich kaufe einen Vokal!), und auf der anderen die, die meinten, ihr Gott hieße Allah. Und dann gab es noch die Christen. Juden, Moslems und Christen – allen war Jerusalem heilig. Es hätte wunderschön sein können, wenn sie nicht andauernd gestritten hätten. Sie alle behaupteten, denselben Gott zu verehren, sie alle behaupteten, dass das hier das Heilige Land wäre, aber über viel mehr konnten sie sich sonst nicht einigen. Jedenfalls nicht friedlich.

In Israel hatten die Juden die Zügel in der Hand, aber im Nahen Osten waren sie insgesamt in der Minderheit, umgeben vom Meer, der Wüste und von einem Volk, das sie aus historischen Gründen vernichten wollte. Tom sagte mit seinem therapeutischen österreichischen Dialekt: »Die Herrschaften fühlen sich a bisserl wia da David in dera Gschicht vom David und vom Goliath, wiara Bub gegn an Riesn, bloß, des Steinschleuderl is inzwischen a Atombömberl.« Die ganze Region, sagte er, hätte »an Belagerungskomplex« und »a Kain-und-Abel-Problematik«.

Schalom tippte sich mit der Vorderpfote gegen die Stirn und sagte zu Tom: »Übertreib's nicht, Lügmund Freud!«

Die Israelis hatten diese gigantische Mauer gebaut, um die palästinensischen Araber von denjenigen umstrittenen Gebieten fernzuhalten, die sie für sich beanspruchten. Mich erinnerte das an die Zäune auf der Farm, mit denen wir Tiere jeweils fein säuberlich in unserem Areal gehalten werden sollten. Offenbar haben die Menschen eine Schwäche für Mauern, aber die Aufmaurer und Einzäuner

»Offenbar war dieser Teil des Landes in zwei Hälften getrennt.«

übersehen immer wieder dieselbe Sache: Wenn sie irgendwas mit einem Zaun von außen abschirmen, schließen sie sich damit zugleich selber ein. Mit einer Mauer errichtet man nie nur ein Gefängnis, sondern zwei. Das Gefängnis des Mauerbauers ist vielleicht etwas größer und auch ein bisschen hübscher, aber das ist nur eine Frage der Perspektive. Die Chinesen haben auch eine riesige Mauer gebaut, die ihre Feinde abhalten sollte – aber sie hat im Gegenzug die Chinesen dahinter isoliert. Und das hat ihr Reich geschwächt und in den Untergang geführt. In Berlin gab es auch eine Mauer, und das ist dann auch nicht gut ausgegangen. Jedenfalls nicht für die Mauer. Und dann gibt es noch einen Zaun an der Grenze zwischen den USA und Mexiko, und da macht der Zaun auch niemanden glücklich.

Richtig verstanden habe ich das nie. Für mich sahen all diese Leute eben aus wie Leute, sie waren alle Teil einer Herde in der Wüste, und für Kühe sehen sowieso alle Menschen gleich aus. Wir Kühe haben da einen Spruch, der euch vielleicht gefällt: »Manche sind schwarz, manche weiß, schwarz-weiß oder bunt – alle sind Kühe.«

Irgendwann kamen wir an eine Lücke in der Mauer und drückten uns durch, ohne uns dabei irgendwas zu denken, es schien einfach der schnellste Weg. Und so gelangten wir völlig ahnungslos auf palästinensisches Gebiet. Nach endlosen weiteren Stunden, die mir vorkamen wie Tage, war die Gegend total kahl, es gab ein bisschen Grünzeug, Sträucher und ein paar Wildblumen. Es sah aus, als hätte jemand die Wüste genommen und versucht, darin einen Garten anzulegen, vielleicht sogar den Garten Eden, das Ganze dann aber ziemlich schnell aufgegeben. Dieser Teil der Welt, der doch so furchtbar umkämpft war, kam mir ziemlich verlassen vor, und ich konnte kaum glauben, dass hier vor ungezählten Generationen die Urkühe gestanden haben mussten. Ich atmete die trockene, problembeladene Luft ein und stellte mir vor, dass dies die Gerüche waren, die unser Urvater und unsere Urmutter gerochen haben mussten. Das war sicher ein hartes Leben gewesen, mit so wenig Wasser und kaum was zu essen. Der Moment war sehr berührend und überwältigend. Außerdem war es scheißheiß, und ich hatte Durst. Ich fragte Tom, wo wir grade waren und was denn die Landkartenapp des Handys so dazu meinte.

»Mal sehen, zuletzt waren wir beim Sharafat-Gebirge. Oha. Sieht aus, als gäbe es eine gute und eine schlechte Nachricht«, sagte Tom. »Die schlechte Nachricht ist: Der Akku ist alle. Keine Landkarte mehr. Hey, ich kann nichts dafür, das ist eine Kinderkrankheit bei den Dingern. Beim neuen 6G wollen sie's behoben haben.«

»Und was ist die gute Nachricht?«

»Die gibt's nicht. Ich wollte nur immer schon mal diesen Satz sagen: Es gibt eine gute und eine schlechte Nachricht.«

»Mission erfüllt, Dumpfbacke. Weil du host die halbe Akkuladung mit ›Angry Birds‹ verplempert, du Schwachkopf!«

»Vögel gegen Schweine, du Schweinepriester. Top! Game! Von! Welt!«

Schalom schwitzte, er war müde und durstig und angepisst wie eine Wildsau. »Mer werden schleifen uns herum in der Wüste for immer, Spatzenhirn«, stöhnte er.

»Würd ich bringen jemanden um für e Seltzer. Du bist e einziges Loch voller Zores! Und sog nicht Schweinepriester zu mir!«

Wir liefen weiter, versuchten uns von den Grenzposten fernzuhalten und fahndeten verzweifelt nach einem weiteren Spalt in der Mauer, durch den wir uns durchquetschen konnten, um nach Jerusalem zu kommen. Es war offenbar tausendmal leichter, von Israel nach Palästina zu kommen als umgekehrt von Palästina nach Israel. Schalom köchelte immer noch im eigenen Saft und träumte halb weggetreten von Mineralwasser und von Milkshakes, als plötzlich wenige Meter vor ihm ein Stein aufschlug. Wir sahen auf und entdeckten eine Gruppe von Kindern, offenbar arabisch, die 30 Meter entfernt irgendwas Spöttisches in unsere Richtung riefen. Vor allem aber in Richtung des Schweins.

»Alles nur, weil ich bin jüdisch«, erklärte Schalom weltmännisch.

»Nein«, korrigierte Tom. »Alles nur, weil du ein Schwein bist. Auch Muslims finden Schweine abstoßend.«

Schalom richtete sich auf und schrie zu den Kindern hinüber: »No, fresst a BLT-Sandwich, ihr Knalltüten!«

»Glaubst du wirklich, dass es hilfreich ist, wenn man Hass mit Hass begegnet?«, fragte ich ihn.

»Bekämpfe ich Hass nicht mit Hass, bekämpfe ich Hass mit Ahnungslosigkeit – ist das e feine Unterschied. So läuft das hier in der Gegend, jeder hat hier zu spielen sei Rolle, wie Schauspieler«, dozierte er, und dann schleuderte er den Kindern wieder Flüche in seinem versaubeutelten Jiddisch entgegen.

Inzwischen hatten sich zu den anfänglichen zwei oder drei Jungen zehn andere gesellt, und aus dem gelegentlich geschleuderten Stein war ein Dauerfeuer aus allen möglichen Wurfgeschossen geworden. Als Schalom sich nochmals umdrehte, um seine Religion zu verteidigen, prallte ein kleinerer Fels gegen seine Schulter. »Wann ich hier gebe klein bei«, erläuterte er, »dann ist das wie ein Dominoeffekt, es kommen immer mehr von denen, und wo wird dann enden das? Erst, wenn sie haben auch den Letzten von uns umgebracht.«

»Das ist doch völlig unlogisch«, sagte ich. »Wenn du so weitermachst, werden wir alle draufgehen!« Tom blockte geschickt einen Felsen ab, der auf seinen Kopf zusauste – leider mit dem Flügel, in dem er das Telefon hielt. Das Glas zersprang. Um den Akku mussten wir uns jetzt keine Sorgen mehr machen, genauso wenig wie um das neue Upgrade. Eigentlich hatte sich die Sache mit dem Telefon damit komplett erledigt.

Schalom hielt seine geliebte Thora über seinem Kopf, er versuchte die Kinder zu reizen, indem er mit ihr wie mit einer Flagge wedelte. Ein großer Stein knallte an seinen Vorderhuf, mit dem er die Thora schwenkte. Schalom ließ sie in den Sand fallen und hielt seinen blutenden Huf. Frisches Blut tropfte auf das alte Buch. Ich glitt hinter Schalom und gab ihm einen schnellen Tritt mit dem Hinterbein, damit er in die Gänge kam.

»Meine Thora!«, schrie er.

»Ist auch bloß 'n Buch«, knurrte ich zurück.

Genau in diesem Moment eierte ein großer Klumpen ekliger Spucke durch die Luft und landete mit einem hörbaren Plopp auf meinem Kopf. Ich sah auf. Vor mir stand ein Kamel und glotzte mich an. Ich hatte schon mal ein Kamel gesehen, aber nur im Lexikon, trotzdem erkannte ich es sofort, und ich war total erleichtert, dass es im Standard-Tieresperanto sprach und man es sofort verstehen konnte.

»Was bist'n du für'n komisches Dromedar?«, fragte das Kamel. »Wo is'n dein Höcker, wenn ich mal fragen darf?«

»Ich bin eine Kuh aus Amerika«, sagte ich.

»War nur 'n Witz. Ich weiß, dass du 'ne Kuh bist. Die Kühe stammen von hier, wie überhaupt die ganze Zivilisation. Ich bin selber ganz schön rumgekommen. Ich hab in den Staaten gemodelt, ich hatte 'ne große Zigarettenkampagne, sie haben 'ne eigene Marke nach mir benannt, sogar einen Tag, den Mittwoch – bei denen heißt er ›Hump Day‹, Höckertag. Weil danach die Arbeitswoche schon halb vorbei ist. Aber dann bin ich ihnen zu alt geworden, und sie haben mich ausrangiert.« Er sah aus, als würde er gleich zu heulen anfangen, dann spuckte er wieder aus. »Sorry, blöde Angewohnheit. Ich versuch grad damit aufzuhören.«

Vor seinen Füßen landete ein Stein. »Ich heiße Joseph, aber du kannst mich Joe nennen. Joe Camel. Aber du hast mich vermutlich eh schon erkannt, klar, ich bin berühmt, und ich hab gemodelt, hm?« Er setzte sich eine Sonnenbrille auf: »Und? Klingelt's jetzt?«

Er warf sich in Pose, zündete eine Zigarette an und tat so, als würde er auf eine Armbanduhr sehen. »Die Pose nenn ich ›Oh, klar, ich hab noch 'n bisschen Zeit‹. Ganz schön lässig, hm? Und ihr? Wo wollt ihr hin?« Diese Fragen stellte er zwischen einer schier endlosen Aneinanderreihung von Modelposen, die er jeweils einige Sekunden lang hielt, so punktgenau und präzise wie ein Olympiaturner. Er stand still da, mit einem Bein in der Luft: »Die hier heißt ›Arschtritt '97‹.«

»Nach Jerusalem.«

»Ah«, seufzte er. »Tja. Da seid ihr auf der falschen Seite vom Zaun. Ihr müsst erst nach und durch Ramallah.« Dann nahm er eine Pose ein, in der er aussah, als würde er über einen Witz lachen, den sonst keiner gehört hatte. »Die nenne ich ›Mir liegt die Welt zu Füßen‹. Oder auch den ›Clooney‹.«

»Joe«, sagte ich gehetzt, »das ist wirklich eine absolute Killerpose, und ich würde gerne noch viele, viele weitere sehen, aber könntest du uns nicht vielleicht zuerst zu einem etwas sichereren Ort bringen? Wo du noch viel ungestörter posen kannst? Und wo man vielleicht nicht dauernd Steine an den Kopf kriegt?«

»Kommt mit«, sagte er und trabte beinahe so schnell wie ein Pferd davon.

40

Another Brick in the Wall

(siehe Floyd, Pink, die sind aber auch gut!)

Joe das Kamel führte uns tiefer in die Wüste und zu einer ihm bekannten Stelle, wo der Zement der Mauer schon ein wenig bröckelte und der Stacheldraht heruntergefallen war, sodass wir uns durchquetschen konnten. Es waren keine Wachen weit und breit zu sehen, und so einfach waren wir wieder auf der israelischen Seite der Mauer zum Westjordanland. Und das war's dann offenbar: Nichts trennte uns mehr von Jerusalem. Und während wir so liefen, wurden auch die Dörfer und die ganze Gegend immer hübscher, und die bewässerte Wüste wurde immer grüner und grüner.

»Und, wo in Jerusalem wollt ihr hin?«, fragte Joe.

»Zur Klagemauer«, sagte Schalom.

»Ach, Touristen«, seufzte Joe wieder.

Ich wusste ja nicht viel von Kamelen, aber dieses hier wirkte reichlich deprimiert. Aus dem Höcker war so ziemlich die Luft raus. »Ich geh eigentlich nicht mehr in die Stadt. Ich hab's immer gehasst, wenn sie mich dauernd genervt haben, weil ich berühmt war, aber jetzt ist es irgendwie noch schlimmer. Jetzt nerven sie mich nicht mehr, weil sie mich nicht mehr kennen. Ich fürchte, ab hier seid ihr auf euch allein gestellt.« Er setzte sich entmutigt hin. »In letzter Zeit wandere ich nur noch so durch die Wüste, da hat man wenigstens mit der Öffentlichkeit nichts mehr zu tun. Tja. Das Leben eines Ex-Promis.«

Ich sah mich um. Nichts hier wirkte vertraut. Ohne Handy waren wir verloren, und ich hatte Angst, wir würden wieder in irgendeine gefährliche Gegend spazieren.

»So werden wir Jerusalem nie finden«, stöhnte Schalom.

»Habt ihr den Typ gesehen, der mich ersetzt hat?«, fragte das Kamel. »Der Kerl hat gar nichts. Keine Ausstrahlung, keinen Biss. Nichts. Bloß jung ist er.«

Tom betrachtete das Kamel und dann rief er: »Aha!« Dann stupste er mich mit dem Flügel an und flüsterte: »Der hot an Vaterkomplex.« Er setzte sich neben das Kamel. »Sie war'n früher amal für an Friedhofsspargel, also a Phallussymbol mit am gewissn Prometheus-Bezug die Reklam', hob ich Eahna da korrekt verstanden?«, fragte Tom wieder in diesem lächerlichen Österreichisch.

»Die Reklame? Vergiss es, Alter, ich war nicht die Reklame, ich war das Produkt! Ich war das It-Kamel!«

»Eh kloar«, sagte Tom, »derf i Eahna wos vorschlagen? An Wechsel im Paradigma.«

»An was?«

»An Wechsel. Wos Neu's! Sie machen nicht mehr das Model, Sie wer'n a ganz neuchs Rollenmodell. Sie war'n früher a Trafikant, und Sie waren der Beste, wo's gibt, ober haben 'S schon einmal darüber nachdacht, dass Eahna Glimmstängel die Gsundheit ruiniern und die Umwelt und olles? Und dass Sie im Grunde Ihres Herzens genau die richtige Sach' gmacht haben, indem dass Sie sich des nicht mehr eingehen lassen mit dem Blutgeld vo dene Tabakkonzern?«

(Ich krieg grad einen Anruf von meiner Verlegerin. Sie sagt: »Schön, wieder ein potenzieller Sponsor futsch. Und wieder eine Gerichtsklage, auf die wir uns schon mal einstellen können. Mit Product Placement hab ich was anderes gemeint!« Die macht mich echt fertig.)

»Moment«, sagte Joe, »du sagst: Wenn man gut in etwas ist, was eigentlich schlecht ist, dann ist das schlecht. Und wenn man aufhört, gut in dieser schlechten Sache zu sein, dann ist das gut?«

Tom nickte weise. »Wann man es für an schlichten Mensch sagen wollte, ja. Von einer moralischen Warte aus gesehen ist es vollkommen unsinnig, wann Sie Ihrem früheren Leben als ein Prominenter hinterhertrauern. Sie haben sich als ein ganz ein aufrechter Mensch dem militärisch-industriellen Entertainment-Komplex verweigert. Sie waren ein großer Teil des Problems, no, und jetzt sind Sie a klaner Teil von der Lösung, nicht wahr?«

»Ich bin Teil der Lösung!« Das Kamel sprang auf die Füße, man konnte förmlich zusehen, wie sein Höcker sich aufrichtete, als hätte man eine unsichtbare Fahrradpumpe daran angeschlossen. »Danke für dieses … Wie hast du das genannt?«

»An Paradigmenwechsel. Das macht 800 Schilling. Wir haben heute schon sehr schöne Fortschritte gemacht, ober ich würd Ihnen schon raten, dass Sie in nächster Zeit vielleicht dreimal die Woche zu mir kämen, keine Angst, das ist nicht für immer, nur für etwa dreißig Jahr oder so …«

Ich fiel Tom ins Wort: »Joe, ich weiß, dass du deine Fans nicht mehr sehen magst, aber willst du nicht ein Teil unserer Lösung sein und uns den Weg nach Jerusalem zeigen?«

Joe war einen Moment still und holte tief Luft. »Meine Fans werden mein neues Ich zu akzeptieren haben. Man liebt Leute, die sich neu erfinden. Alle lieben ein Comeback! Ich werde euch den Weg nicht nur zeigen, ich bring euch persönlich hin!«

41

Und schritten jene (Schweins-)Füsse einst

(siehe Blake, William)

Hier im Nahen Osten gibt es zwei absolute Oberheiligtümer. Eines ist Mekka, das ist für die Moslems. Das andere ist die Klagemauer, die ist den Juden superheilig.

Während Joe uns durch die Altstadt in Richtung dieser Klagemauer führte, kamen wir durch einige wirklich sehr schön herausgeputzte Wohnviertel. Überall, wo wir vorbeikamen, saßen nette Leute in Cafés und lächelten uns nicht an, und die Fußgänger wichen uns alle aus oder murmelten irgendwas in ihre Bärte. »Eine speckfreie Zone«, kicherte Schalom, »das ist der Himmel auf Erden. Mich essen? Ha! Die wollen mich nicht mal anfassen!« Er schnappte sich im Vorbeigehen eine Speisekarte aus einem der Straßencafés und las sie laut vor: »No guckt ihr hier, kein Schinken, kein Speck, tauche ich da drin überhaupt nicht auf! Das ist das koschere Paradies!«

»Aber stört dich das denn überhaupt nicht, dass die Leute dich so abstoßend finden?«, fragte Joe.

»Schon«, gab Schalom zu. »Es tut sauweh, wenn dich hasst dein eigenes Volk, aber ist das immer noch um Welten besser als die Alternative.«

Joe spuckte aus. »Sorryschlechteangewohnheitgewöhnsmirab. Das imponiert mir, echt, wie du so total auf den Jubel der Menge verzichten kannst. Von dir kann man was lernen, Schwein. Ich weiß jetzt: Ich muss als Kamel meinen eigenen Weg gehen!«

Ich wurde langsam richtig nervös, und Tom ging es genauso. Es stimmte schon, die Leute hier wollten wirklich nichts mit Schalom zu tun haben, aber meine Rinderbrust und Toms Fähigkeiten als fettarme, leicht bekömmliche Brotauflage standen definitiv immer noch auf den israelischen Speisekarten. Ich schwitzte. Es fühlte sich an, als taumele man von einer Wand zur nächsten zur nächsten. Glücklicherweise standen wir derzeit noch unter dem Schutz von Schaloms trefenem Kraftfeld, sodass sich uns niemand näherte. Ich konnte mir wirklich nicht vorstellen, wie er das den Rest seines Lebens aushalten wollte oder konnte. Und auch, wenn der allgemeine Abscheu uns momentan beschützte, merkte ich doch, wie Schaloms armes Schweineherzchen langsam, aber sicher in die Brüche ging.

Immer mehr Leute sahen ihn inzwischen richtig feindselig an. Und ich hatte das dumpfe Gefühl, sie würden ihn vermutlich nicht in die Nähe der Klagemauer lassen. Die bösen Blicke beantwortete Schalom am liebsten mit »Mal abbeißen?« oder »Eigentlich schmecke ich wie Hühnchen!«, und dabei hatte er einen Mordsspaß. Doch als wir über den Wochenmarkt gingen, konnte man die Ablehnung beinahe mit Händen greifen – wenn man Hände hatte. Sie lag überall in der Luft, so, wie man einen aufziehenden Sturm am Umschlagen der Wüstenluft spürt.

Ein paar von Joes alten Freunden kamen auf ihn zu und knufften seinen Höcker. Sie hatten den Wüsteneinsiedler offenbar schon ewig nicht mehr gesehen. »Ich werde hierbleiben und den Jungs von diesem Paradigmenwechsel erzählen. Zum Tempelberg geht's da lang, und zur Klagemauer müsst ihr da hoch.«

»Auf zur Klagemauer«, quiekte Schalom aus Leibeskräften.

Joe drehte sich zu uns um und flüsterte: »Uh-oh. Das hat möglicherweise den Höcker zum Überlaufen gebracht.«

Jetzt war's raus. Ein Mann auf der anderen Straßenseite schrie: »Schwein! Du Satan! Du wirst dich der Klagemauer nicht nähern!« Offenbar wurde in alten Legenden das Schwein mit dem Teufel gleichgesetzt, vielleicht wegen dem gespaltenen Huf? Ich kann es nicht sagen, aber rasch kam eine stetig wachsende Menschenmenge auf uns zu.

»Jesus«, murmelte Tom.

»Das ist nun wirklich der ganz falsche Ausdruck«, sagte Joe. »Wir müssen zusehen, dass wir euch hier rauskriegen!«

Und wir alle drehten uns auf der Stelle um und rannten in die Richtung, aus der wir gekommen waren. In die Wüste.

42

Nobelkamel

»Zum Flugzeug!«, schrie Tom. »Sollen sie doch alleine feiern, die Klemmschwestern!« Vier Beine sind schneller als zwei, wir liefen mühelos einen hübschen Vorsprung raus, aber als Joe uns zu unserem Mauerspalt zurücklotste, lauerte auf der anderen Seite in einiger Entfernung immer noch die Gruppe von Steinwerfern. Allerdings waren es inzwischen dreimal mehr Menschen, darunter auch einige Erwachsene. Wir rannten geradewegs zwischen die Fronten.

Die Moslems fingen wieder an Steine zu schmeißen, und die Juden hinter uns dachten natürlich, dass sie angegriffen würden, und warfen sofort Steine zurück. Bedauerlicherweise landeten die Steine beider Parteien in unserer Nähe. Diesmal war es Tom, der zu mir sagte: »Tja, war schön, dich gekannt zu haben.«

Noch konnte Joe uns mit seiner Größe und seinem Höcker teilweise gegen die Steine abschirmen, aber er blutete bereits an einigen Stellen. Er sah mich an, seine Augen waren groß, fast so groß wie meine: »Ein gutes Gefühl, wenn man auf der Seite der Guten steht. Gut ist gut.« Er lächelte und wandte sich zu Schalom: »Egal, was ich in den nächsten Minuten sage – nimm's nicht persönlich.

Das Private ist politisch, und der Zweck heiligt die Mittel. Arbeiter aller Länder – vereinigt euch!«

Er stand auf. Ich hatte keinen Schimmer, was er vorhatte. Er wandte sich ein letztes Mal um: »Ach so, eins noch – sobald ich sage: ›Lauft!‹, dann lauft ihr los, als ob euch der Arsch brennt!«

»Habt ihr zu lang in der Sonne geparkt?«, brüllte Joe, und obwohl ihn die Leute nicht verstanden – doch ein verzweifeltes Tier strahlt etwas aus, für das auch der dümmste, rassistischste menschliche Sturschädel empfänglich ist.

»Ihr Juden hinter dem Zaun!«, schrie er in alle Richtungen, »ihr Moslems da davor – wozu schmeißt ihr Steine? Kapiert ihr denn nicht, dass es viel mehr Dinge gibt, die euch vereinen, als Dinge, die euch trennen? Ihr verehrt beide denselben Gott, und ihr hasst beide dasselbe Schwein.« Der Steinregen ließ ein wenig nach. »Wenn ihr euch schon nicht lieben könnt, dann vereint euch heute wenigstens im Hass, vereint euch gegen den gemeinsamen Feind, werdet Teil der großen Bruderschaft der Schweinehasser.«

Schalom sagte: »Hast du sie noch alle?«

Joe zwinkerte ihm zu: »Tut mir echt leid.« Dann spuckte er ihm ins Gesicht.

»Recht so«, schrie ein Moslem. »He, ihr Drecksjuden da drüben, geht's euch auch um das Schwein?«

»Ich kann die dumme Sau nicht ausstehen«, antwortete ein sehr bedrohlich aussehender Jude. »Wie ist es mit euch, ihr gammligen Moslems, findet ihr Schweine scheiße?«

»Sie stinken«, sagte der Moslem.

»Sie sind blöd, faul und fett«, sagte der Jude. Ein Moslem

warf einen Stein und traf Schalom. Joe hielt uns mit einem warnenden Blick zurück. »Noch nicht!«, zischte er.

Ein wurfstarker Abkömmling von König David schleuderte einen Stein und verletzte Schalom erneut. Joe brüllte: »Jawoll, so wird's gemacht. Bekämpft nicht euch, bekämpft das Schwein! Nicht der Mensch ist das Problem – das Schwein ist es!«

»Ech glaub, ech mog nicht mehr dich leiden«, stellte ein sichtlich erschütterter Schalom trocken fest. »Und so toll a Model warst du gar nicht. Ech hob nie geglaubt dir, dass du rauchst wirklich. Wollte ech nur mal anmerken.«

Inzwischen waren einige Juden durch die Mauer gekrabbelt und wurden von der Arabergruppe umringt, was uns eine kurze Atempause verschaffte – und eine Fluchtmöglichkeit. Aber immer noch hielt uns Joes Blick zurück. Überraschenderweise kämpften die Araber und Juden nicht miteinander, sie schüttelten sich stattdessen zögerlich die Hände, klopften sich gegenseitig auf die Schulter und verfluchten gemeinsam Schalom auf das Herzlichste. Ein Mann mit einer Kufiya und einer mit einer Jarmulke auf dem Kopf fielen sich in die Arme und schrien wie aus einem Mund: »Tötet die Sau!« Sie strömten hinter uns zusammen, sie zielten auf uns und beschossen uns mit allem, was gerade greifbar war. Meist warfen sie daneben, nur einmal traf mich ein Stein am Hintern. Diese Menschen waren vielleicht alle sehr fromm und gläubig, aber sie waren miserable Schützen. Trotzdem kamen sie näher, sie waren vielleicht noch knapp dreißig Meter entfernt. Und an Steinen hatte es in der Wüste keinen Mangel, sie hatten unendlich viel Munition.

»Jetzt!«, sagte Joe.

»Und nu, Einstein?«, fragte Schalom.

»LAUFT!!!!!!!!!!!!!«

Wir rannten los. Wie Pferde, wie Geparde, wie der Wind. Wir rannten, und wir sahen uns nicht um. Ich weiß nicht, wann die Menge die Verfolgung einstellte, wahrscheinlich irgendwo in der Wüste. Wir wussten, dass die Zweibeiner normalerweise nicht lang mit uns mithalten konnten, aber wir ließen es nicht drauf ankommen. Wir rannten, als ob uns der Arsch brennt. Den ganzen Weg zurück nach Ben Gurion.

43

Mohammed's Radio

(siehe Zevon, Warren)

Glücklicherweise stand unsere kleine Maschine immer noch in der abgelegenen Ecke des Rollfelds, wo wir sie zurückgelassen hatten, weshalb wir uns ohne weitere Zwischenfälle hineinflüchten konnten. Wie ein Profi hatte Tom uns in Sekunden in der Luft und kippte in einer eleganten Kurve nach links weg, während Schalom hinuntersah auf das Land, das seine Rettung hätte sein sollen.

(Hier hat meine Verlegerin eine Anmerkung: Sie hat mich gebeten, den ganzen »religiösen Kram« rauszunehmen, weil manche Leute Religion sehr ernst nehmen. Als Kuh verstehe ich davon nicht viel, aber ich will natürlich niemandem zu nahe treten. Ich hab euch ja schon gesagt, meine Gottheit ist Mutter Erde. Und das Einzige, was die wirklich beleidigt, sind Abfall und Umweltverschmutzung. Dafür sind ihr aber Worte, Witze und Karikaturen herzlich egal. Ich finde eine gewisse Ehrfurcht vor Gott absolut prima, also: vor einem abstrakten Gott. Die Liebe zu Gott und zum Leben ist so natürlich wie die Kraft, die die Planeten ewig herumkreiseln lässt. Aber ich erzähle euch hier die Geschichte so, wie sie passiert ist, meine Geschichte. Und da kann man nicht einfach irgendwas weglassen. Meine Verlegerin sagt: »Spätzchen, Hollywood dreht niemals einen Film über ein jüdisches Schwein in Israel, das von Moslems gesteinigt wird. Zu viele heiße Eisen. Zu sehr Nischenmarkt. Zu sehr Arthouse. Wir müssen an den Mainstream denken, nicht an das kleine Fernsehspiel um Viertel nach elf. Kann das Schwein nicht nach New York gehen, und dann, ich weiß nicht, dann trifft es irgendein Mädchen? So eine Mischung aus *Schweinchen Babe* und *My Big Fat Greek Wedding?*«

Das ginge natürlich schon, irgendwie, aber es wäre halt nicht die Wahrheit. Und ich würde mir so einen Film ganz bestimmt nicht ansehen wollen, und so was schreiben will ich auch nicht, erst recht nicht eine Liebesszene wie in einer romantischen Komödie zwischen Schalom und seiner Traumsau, wie sie sich auf den Straßen von Soho im Regen niederknutschen. Grusel!)

Egal. Da wir ja mit einem dieser kleinen Privatjets reisten – okay: Da wir ja mit einem dieser kleinen gestohlenen Privatjets reisten, gab es einen Schachtelgott in jeder Lehne des Vordersitzes (schick, oder?), mit dem man das aktuelle Fernsehprogramm empfangen konnte. Und nach ein paar heißen Nüsschen und kühlen Mimosa-Cocktails guckten wir uns die Nachrichten an, weil sie gerade überall Sondersendungen aus dem Nahen Osten brachten. Offenbar hatten Joe und Schalom diese kleine Gruppe, kaum mehr als eine Handvoll von Juden und Arabern, dazu inspiriert, weitere Gemeinsamkeiten jenseits des Schweinehasses zu finden. Beide Seiten sprachen wieder miteinander, es gab sogar schon Gerüchte von Verbrüderungen. Und wer weiß, erst vereinen sie sich im Hass, vielleicht vereinen sie sich eines Tages ganz und gar. Es war nur ein Anfang, aber weil an dem Tag grade keine besseren Nachrichten zu haben waren, machten die Sender eine große Sache draus. Sie zeigten auf CNN eines von Joes alten Modelfotos mit der Unterschrift: »Geheimnisvolles Model als Friedensengel«. Das ZDF strahlte ein Foto von Schalom aus mit der Bildunterschrift: »Ein Schwein als Retter«. Und klar, RTL gab auch seinen Senf dazu: »Specktakuläre Wende in Nahost«.

»Du bist berühmt«, piesackte ich das Friedensschwein.

»No, wos sogt mer dazu.« Schalom seufzte tief. »Weiß ech eh nicht, ob ech hätte das ausgehalten dort. Ob ech ben genug von a Mensch zu ziehen für das Übrige von mein Leben durch die Gegend wie Kain, heimatlos. Wahrscheinlich ech wird einfach zu gern gemocht.«

»Also, ich mag dich«, sagte ich, »du Saubär.«

Schalom setzte mühsam ein kleines Lächeln auf. Nach einer Weile sagte er: »Ich glaub, die sind alle meschugge.«

Und dann sah er aus dem Fenster hinunter auf die blühende Wüste, in der er Sicherheit und Glück gesucht hatte. Er war wieder ein Schwein ohne Heimat.

»Es war tatsächlich wahr. Es stimmte einfach alles. Ich war eine Königin.«

44

Mumbai, mon Amour

Nach einer guten Flugstunde meldete sich unser Pilot wieder über die Lautsprecher: »Meine Damen und Herren, hier spricht Ihr Kapitän. Wir befinden uns derzeit auf einer Reiseflughöhe von 10000 Metern, der Himmel ist blau und wolkenlos, wir haben leichten Ostwind, kaum zehn Kilometer pro Stunde – ich denke, ich kann Ihnen einen ruhigen Flug versprechen. In etwa sieben Stunden erreichen wir unseren Zielort, und damit meine ich unseren endgültigen Zielort.« Er machte eine kleine dramatische Pause. »Mumbai, Indien.«

Mumbai, die größte Stadt Indiens, über 18,4 Millionen Einwohner, früher bekannt als Bombay, und davor als Kakamuchee oder auch Galajunkja. Sich diese exotischen Namen immer wieder vorzusagen, das war fast wie ein Schlaflied. Mumbai oder Kakamuchee oder Galajunkja. Mir fielen die Augen zu, und ich schlief so tief und so fest wie seit Ewigkeiten nicht mehr. So hatte ich zuletzt als Kalb neben meiner Mom geschlafen.

Als ich wieder aufwachte, befanden wir uns schon im Landeanflug über das Arabische Meer hinweg auf den Chhatrapati Shivaji Airport. Diesmal war ich dran mit Aus-dem-Fenster-gucken-und-das-gelobte-Land-Sehen.

Ich entdeckte einige der sieben Inseln, aus denen Mumbai besteht. Ich erkannte schon durchs Fenster, dass es ein Land der Gegensätze war, enorme verdreckte Slums gleich neben glänzenden neuen Gebäuden und riesigen Hochhäusern. Es sah aus wie Vergangenheit und Zukunft auf einem Fleck, ein Stadt gewordener Widerspruch. Ich hatte noch nie einen derartigen Reichtum und eine solche Armut gesehen, so unglaubliches Elend und so umwerfende Schönheit. Während wir zur Landung ansetzten, wurde ich langsam ein bisschen nervös.

Die Räder berührten die Rollbahn, und wir verdrückten uns wie üblich durch ein Loch im Flughafenzaun. Das hatten wir inzwischen ganz gut drauf. Wir machten uns auf den Weg dorthin, wo wir Menschen vermuteten, was eigentlich kein großes Problem darstellte, weil hier überall Menschen waren, als hätte sie der starke heiße Wind wie Pusteblumensamen überallhin verstreut. Das Land brodelte nur so vor Vitalität, und das Leben hier war vielfältig und schwierig. Bruchbuden, die aussahen, als würden sie vom nächsten Monsun weggespült, standen direkt neben Bruchbuden, die aussahen, als hätte sie der letzte Monsun gerade erst hergespült. Einige Straßen waren gepflastert, aber mindestens genauso oft mussten wir über staubige oder schlammige Pfade laufen, was mir, ehrlich gesagt, sogar lieber war. Ein bisschen Dreck unter den Füßen fühlte sich gut an, und für Schalom war Schlamm sowieso das Allergrößte. Es gab hier überhaupt nur Gegensätze, das fing schon bei dem braunen Boden an, auf dem die Menschen dann in neonfarbenen Gewändern herumliefen. Tom betrachtete einige fremdartige, lebhaft gefärbte Vögel, die er noch nie zuvor gesehen hatte. Einer hatte es ihm besonders angetan. Er sagte: »Ach du je. Ist das ein *Pavo cristatus?*«

»Was für ein Christus?«, fragte ich.

»Der indische Pfau! Sankt Dieter und Thomas, was für ein Heck! Der indische Nationalvogel! So wahr ich hier stehe! Durch und durch erste Sahne! Aber keine Frau der Welt widersteht der animalischen Anziehungskraft eines Privatjets. Macht mal Platz und beobachtet einen Meister bei der Arbeit.« Er ging lässig zu dem eingebildeten Wundervogel hinüber und platzierte ein: »Sag mal, sind deine Eltern Aliens? Weil: du siehst echt außerirdisch gut aus.«

Der Pfau krähte empört, drehte sich auf der Stelle um und stolzierte davon. Bruchlandung. Der arme Tom konnte jetzt zwar fliegen, aber für die Ladys war er nach wie vor nur ein Truthahn. Er versuchte noch seinen Abgang zu retten, indem er etwas abwartete und dem Pfau nachschrie: »Ich ruf dich an!« Dann kam er wieder zu Schalom und mir zurück. »Ich hab ihre Nummer«, log er. »Tja: Truthansa hebt eben immer ab.«

Als wir uns Dharavi näherten, einem von Mumbais größten Slums und einer der dichtestbesiedelten Gegenden der ganzen Welt, beschlichen mich leise Zweifel. Was, wenn alles nur eine große Lüge war? Wo ich auch hinsah, überall ging es den Menschen noch schlechter als den Tieren, und die Tiere wurden noch schlimmer behandelt als in Amerika. Sogar die Hunde. Die Hunde! Die allerbesten Freunde des Menschen! Alle Hunde sahen abgemagert aus und räudig und niedergeschlagen, und gestreichelt wurden sie von überhaupt niemandem. Was, wenn man Kühe hier überhaupt nicht anbetete? Wenn sie uns hier genauso benutzten und missbrauchten und aufaßen wie in Amerika? Hatte ich mich womöglich getäuscht? Würde ich hier sterben, Tausende Meilen weit weg von zu Hause, meine Knochen niemals vereint mit denen meiner Vorfahren?

Den ersten Anhaltspunkt erhielt ich, als wir versuchten, eine stark befahrene Kreuzung zu überqueren. Während ich an einer Ampel wartete, eingeschüchtert von den vielen Autos, Fahrrädern, den Schienenbussen, Rikschas und den schwarz-gelben Taxis, die hier noch wahnsinniger durch die Gegend kachelten als in Amerika. Ich setzte zögernd einen Huf auf die Fahrbahn, und mit einem Schlag stoppte der Verkehr, als hätte ich auf dem Zauberstab für den Schachtelgott die Pausentaste gedrückt. Ich guckte auf die Ampel, ob ich vielleicht grade Grün hatte, aber die war noch immer stockrot. Ich sah in die Augen der Autofahrer hinter den Lenkrädern, und sie starrten mit einer Mischung aus Liebe, Verehrung und Geduld zurück. Ich sagte Tom und Schalom, dass sie auf meinen Rücken springen sollten (das war möglich, weil ich inzwischen auf allen vieren ging – ich konnte jetzt ja wieder Kuh sein). Ich setzte zur Straßenüberquerung an. Kein einziges Auto hupte ungeduldig, und alle warteten, bis ich sicher auf der anderen Seite war, bevor sie weiterfuhren. Ein schmutziger, in Lumpen gekleideter Mensch kam zu mir, er drückte seine Stirn an meine Stirn und streichelte mich. Dann murmelte er etwas Freundliches und ging weiter. Und genauso sollte es in den nächsten Tagen immer wieder passieren, Hunderte Male. Es war tatsächlich wahr. Es stimmte einfach alles. Ich war eine Königin.

45

Singh ein schlichtes Lied

Ich konnte hingehen, wo ich wollte, und niemand traute sich, das Schwein oder den Truthahn auch nur anzufassen, solange sie auf meinem Rücken saßen. Ich bekam Süßigkeiten zugesteckt und Zucker, den ich noch nie probiert hatte – und er schmeckte himmlisch. Die Mumbaier sprachen ganz sanft mit mir, auf Hindi und auf Bambaiya. Wir machten eine Besichtigungstour, ich immer mit Tom und Schalom huckepack. Wir besuchten Tempel und Wolkenkratzer und den sehr schönen Victoria-Bahnhof, der aber immer noch ein Symbol der kolonialen Unterdrückung ist, obwohl sie ihn inzwischen umbenannt haben.

»Wahnsinn«, säuselte Schalom, »wir haben den Jackpot geknackt! Hauptgewinn! Dieses Land ist total kuhzentrisch. Wir sind goldene Götter!«

Ein kleines Mädchen kam mit bunten Fingerfarben auf mich zu und strich sie mir ins Gesicht, sodass ich so schön aussah wie der Star eines Bollywood-Films. Ich musste direkt nachprüfen, ob mein Herz noch schlug, weil ich schon dachte, ich wäre tot und im Himmel.

Wir stopften uns mit Süßigkeiten aus Reis und Milch voll, und wenn wir uns hinlegen wollten, stellten sie uns dafür die weichsten Plätzchen zur Verfügung. Selbst die Ärmsten der Armen, die gar nichts hatten, gaben uns von diesem Garnichts etwas ab. Ich hatte noch nie eine derartige Armut gesehen, und das hier, in der Stadt mit der sechsthöchsten Milliardärsdichte auf der ganzen Welt. Und trotzdem, die Armen teilten mit mir, was sie hatten, obwohl sie sonst nicht mal mit den anderen Armen teilten. Die Menschen können sehr großzügig sein, wenn auch meistens nicht untereinander.

Ich hatte keine Termine, ich wurde nirgends erwartet. Ich lief einfach herum. Ich musste mir keine Unterkunft suchen, weil überall, wo ich stehen blieb oder mich hinlegte, mein Zuhause war. Das hier war mein Land, im wahrsten Sinne des Wortes. Und immer, wenn ich in die schönen braunen Augen der Menschen hier sah, kam es mir so vor, als sähe ich mein eigenes Spiegelbild.

Ich verbrachte Monate auf diese Art, vielleicht sogar Jahre. Es war wie bei dieser Geschichte von Homer, die mit den Lotusessern. Wir aßen, schliefen, aßen, schliefen, und dazwischen wurden wir angebetet. Schalom allein legte zwanzig Pfund zu, und Tom sah am Tag vor dem Erntedankfest endlich mal aus wie ein richtiger Truthahn, kugelrund und voll im Saft. Verehrt werden fühlte sich gut an, sehr ähnlich wie geliebt werden, wenn auch nicht ganz, nein, nicht ganz. Eher wie ein köstliches Mahl, nach dem man ganz dösig und dämlich wird. Und Schalom gewöhnte sich einen neuen Spruch an: »Wos e Mitzvah. Bin ech glücklicher wie e Schwein in seiner Scheiße.«

46

Die Göttin vom Chowpatty-Beach

Wir gingen jetzt öfter zu einem ganz coolen Ort am Arabischen Meer, der sich Chowpatty-Beach nannte. Der Name gefiel mir, das »chow« klang so gut, fand ich, wie »Kauen«. Dort gab es riesige Sandstrände, und nachts war es immer ein wenig wie Karneval. Schalom wurde richtig knusprig braun, Solariumqualität, und er sagte: »Miami, Schmiami. Florida? Nebbich.«

Tom lernte schwimmen. Jetzt konnte er fliegen und schwimmen. Er sagte: »Ich könnte genauso gut eine Ente sein. Eine Ente im Körper eines Truthahns.« Vor lauter Faulheit wurden wir ganz schläfrig und dusselig.

An einem sonnigen Nachmittag, der sich nicht im Geringsten von all den anderen sonnigen Nachmittagen unterschied, sah ich eine kleine Herde herumlungernder Kühe. Meine Leute. Ich hatte gar nicht gemerkt, wie sehr mir die Gesellschaft anderer Kühe gefehlt hatte, ihr Geruch, der Klang ihres Muhens, ihre schlichte Anwesenheit. Ohne den Schweinen und Vögeln zu nahe treten zu wollen, aber manchmal braucht man so ein gewisses heimeliges Gefühl, das einem nur die eigenen Artgenossen vermitteln können. Ich trottete mit Schalom und Tom auf dem Rücken zu ihnen, um sie zu begrüßen: »Hallo, ihr

Kühe, ihr Kühe, hallo! Grüße und meinen Segen, es tut so gut, euch zu …«

»Wer bist du denn?«

Das warf mich etwas aus der Bahn. Sie redeten in einem Ton, den ich noch nie vorher von einer Kuh gehört hatte, stolz, geringschätzig, kalt – beinahe menschlich.

»Ich heiße Elsie Q.«, sagte ich. »Ich komme aus Amerika.« Keine der Kühe machte auch nur einen Schritt auf mich zu, ich wurde weder begrüßt noch beschnüffelt. »Das sind meine Freunde Tom und Schalom …«

»Wir sind heilige Kühe«, sagte die Oberkuh. »Wir sind die Göttin Prithivi, wir sind Kamadhenu, wir sind die Quelle aller Fruchtbarkeit und Fülle, von allem, was gut ist. Der Milch für das Kind, des Dungs für das Getreide.«

»Jajaja«, sagte Schalom, »schön, dich zu treffen, Katmandu. Kann ich dich Kat nennen?«

»Kamadhenu.«

»Eluhenu.«

»Ka-ma-dhe-nu!«

»Es ist wahr, es ist wahr, dass du Kamdhenu sagst – dass ich's sag, kannst du vergessen. Es ist wahr, es ist wahr, dass die Kühe das Gras nicht rauchen, sondern fressen. Aber sonst, aber sonst – alles Lüge!«

Grillenzirpen.

»Mann, hartes Publikum heute.«

Ich bemerkte, dass einige der Kühe dämlich kicherten und völlig fasziniert von ganz unwichtigen Sachen waren, von Erdklumpen oder ihren eigenen Hufen, manche schauten auch stumpf ins Nichts und lächelten abwesend. Sie wirkten so freundlich, dass Schalom und Tom von meinem Rücken sprangen und zu ihnen rübergingen. Ich verlor sie für einen Moment aus den Augen. Das war ein Fehler.

»Was ist so komisch?«, fragte ich die Kühe.

»Wir sind lila Kühe«, sagte eine von ihnen in so einem leicht singenden Tonfall, den man sonst nur von kalifornischen Surfern kennt. Lila war keine einzige von ihnen, aber ich nehme mal an, das Strandleben lässt einen überall auf der Welt irgendwie den Durchblick verlieren. »Wie geht's, du Federfranz? Wie geht's, fetter Rosarolf?« Einige der lila Kühe waren ganz ergriffen von Toms Kehlsack, der so auffällig an seinem Hals wackelte. Tom war er immer etwas peinlich gewesen, er hatte gedacht, der Sack ließe ihn dick aussehen. »Guckt mal, der komische Lappen, den der Typ unterm Kinn hat – labberschwabberflabber!«

Die lila Kühe zogen jetzt an seinem Kehlsack. »Fühlt sich an wie knubbeliger Gummi, das macht mich fertig.« Eine der Kühe bot Tom und Schalom irgendwas zu essen an, ich konnte nur erkennen, dass es klein und braun war. Sie schlangen es beide hinunter. Ich wandte mich wieder der Oberkuh zu. Sie sah mich gleichgültig an.

»Warum treibst du dich mit Schweinen und Vögeln herum?«, fragte sie.

»Weil das meine Freunde sind.«

»Indische Kühe befreunden sich nur mit indischen Kühen. Wir sind Göttinnen. Nur wir Kühe sind heilig, wir dürfen uns nicht dazu erniedrigen, uns mit normalen Tieren wie denen da abzugeben. Dein Benehmen gefährdet die ganze hierarchische Ordnung hier.«

Sie schlürfte eine helle, farbige Flüssigkeit durch einen Strohhalm, ein hölzernes Schirmchen hing an der Seite ihres Glases, und ein kleines Mädchen polierte ihr die Hufe. Sie und einige der anderen Kühe trugen leuchtenden Metallschmuck um den Hals, und man hatte wunderschöne bunte Seidentücher an ihnen festgebunden. Sie sahen atemberaubend aus, wie Filmstars. Aber obwohl die Oberkuh eine Schwester von mir war, von einem anderen Vater natürlich, aber trotzdem eine Schwester – sie war mir sofort unsympathisch.

»Ich bin keine Göttin, ich bin nur ein Tier, und bei der Gelegenheit: Wir sind alle Tiere, wie die Schweine, die Vögel, und sogar die Menschen.«

»Ketzerei!«, sagte die Oberkuh. Plötzlich kam viel Gemurmel und Gemuhe von den anderen Kühen. »Du gefährdest unsere Privilegien. Wenn du den Menschen zeigst, dass wir Tiere sind, dann werden sie anfangen, uns wie Tiere zu behandeln. Sie werden uns wie Tiere essen, so wie in deinem gottlosen Land!«

»Aber das ist nicht richtig«, sagte ich. »Es ist nicht richtig, und es ist nicht fair.«

Ich sah Schalom grinsen, ein Grinsen, so breit wie ein Maisfeld. Er stierte auf seinen Huf, als wäre er das Faszinierendste, was er je gesehen hatte. Tom flatterte im Kreis herum wie ein Breakdancer und wackelte für die lila Kühe mit seinem Kehlsack.

»Fair?«, sagte die Oberkuh. »Schau dich mal um. Wo ist hier irgendwas fair? Wer hat dir denn versprochen, dass es hier fair zugehen würde? Deine Mami? Du sprichst wie ein halbes Kalb. Werd mal erwachsen, Kuh! Du bist eine Göttin, also benimm dich auch so – oder lass dich hier nicht mehr blicken!«

»Ich bin keine Göttin«, sagte ich.

»Aber klar, klar issie das«, sagte Schalom. »Sie macht nur Witze, sie ist 'ne Witzkuh, nichts als Witze, sie ist so göttlich, man mag es gar nicht glauben.« Und dann, ohne jeden Grund, lieferte er eine röhrende Darbietung von Whitney Houstons »The Greatest Love Of All«. Es war zwar völlig unpassend, aber für ein Schwein hatte er tatsächlich eine ziemlich gute Stimme.

»Was ist denn mit dir los?«, fragte ich ihn.

»Diese Pilze, die da auf der Kuhscheiße wachsen – die sind richtig lecker«, verkündete Tom, und dann tischte er Patrick Hernandez auf, den Discoklassiker »Born to Be Alive«. Er hatte definitiv keine gute Stimme, auch nicht für einen Truthahn. Aber die Rhythmusarbeit war ausgezeichnet, er kickte diesen 70er-Beat aus seinen kräftigen Keulen. Die lila Kühe waren wie hypnotisiert von seinem wackelnden Kehlsack.

»Psilocybinpilze«, sagte die Oberkuh. »Sie erweitern das Bewusstsein, und sie wachsen nur auf unseren Fladen. Noch so ein Grund, warum wir den Menschen heilig sind. Wir nähren ihre Körper mit unserer Milch, unsere Fladen düngen ihre Felder oder treiben ihre Fahrzeuge an, und mit unseren Pilzen erweitern wir ihren Horizont.«

(Meine Verlegerin hat grade angerufen, sie flippt total aus wegen der Drogensache. »Den Eltern wird es erst gefallen, sie fühlen sich dann wieder hip und jung«, sagte sie, »aber dann werden sie an ihre Kinder denken und

Angst haben, dass sie von sprechenden Tieren in eine Welt voller Drogen gelotst werden.«

»So, wie sie meinen Freund Joe mit seinem niedlichen Zeichentrickgesicht dazu benutzt haben, um Kinder mit diesem Zeug namens Tabak anzufixen?«, fragte ich.

»Ach, Elsie«, seufzte sie, »ich fürchte, auch große Tiere reden ziemlich viel, wenn der Tag lang ist. Du weißt, ich liebe dich, ich bitte dich nur um eins – frage dich immer: ›Ist es kriegsentscheidend?‹ Sorry, ich krieg grad einen Anruf auf der anderen Leitung, ein Pferd, ein Enkel von Mr. Ed, der mal so richtig auspacken will, eine Geschichte voller Exzesse und Rache. Ich ruf dich an, Schatz!«)

»Ich sehe Farben«, sagte Schalom, »Farben, für die es keinen Namen gibt.«

»Wir sind alle gleich, Kumpel«, krähte Tom. »Fasst mich an. Nein, fasst mich doch nicht an. Erblicke die Weisheit, Mama Kuh, sprich, wie dir der Schnabel gewachsen ist, uhhhhh, macht mal Platz hier, ich küss mich gleich selbst!«

»Blelb. Blelb. Blelb«, sabberte Schalom. »Das ist Blau und Gelb zusammen, da brauchen wir endlich einen Namen für. Muss man sich ausdenken.«

»Ich fliege schon wieder.« Tom machte inzwischen den Peter Pan. »Ich heb hier ab, buuuhhh!«

»Sag dem Mastschwein und dem Geflügel, dass sie die Klappe halten sollen«, verlangte die Oberkuh. »Ich werde mich hier nicht so weit herablassen und selbst mit ihnen sprechen!«

»Ich werde meinen Freunden nicht vorschreiben, was sie zu tun haben.«

»Bist du Hindu?«, fragte sie.

»Nö.«

»Moslem? Zoroastrier? Jainist? Buddhist? Jude? Sikh? Parse? Christ? Sonst was?«

»Für mich ist das alles dasselbe.«

»Interessant«, schwafelte Schalom. »Ich war mal Jude, aber bin ich wohl eher Hindu. Ihr Typen seid Hindu, stimmt's? Ich bin grad konvertiert. Ich bin derart Hindu, dass alles zu spät ist, Bapu ...«

Er wischte die Jarmulke von seinem Kopf und feuerte sie von sich wie ein Frisbee. Dann versuchte er eine der Kühe dazu zu bringen, ihm einen Bindi-Punkt für seine Stirn abzugeben. Er begann zu singen: »Ich Bindi fesche Lola ... Verrat mir doch, wo findi a Bindi für den Hindi?«

»Ich war mal Türke«, philosophierte Tom hinterher, »aber jetzt bin ich ... sooooo high ...«

Die Oberkuh schüttelte verächtlich den Kopf. »Dann liegt es an dir, amerikanische Kuh. Bist du eine Göttin oder ein Tier? Überleg es dir gut, denn wenn uns deine Antwort nicht gefällt, werden wir dich verstoßen.«

»Ich bin eine Kuh«, sagte ich.

»Du hast meine Frage nicht beantwortet«, beharrte die Oberkuh. »Wähle! Ich habe gefragt, ob du eine Göttin bist oder ein Tier.«

»Beides«, sagte ich.

»Wähle«, verlangte sie, »wähle eines davon oder das Nichts.«

»Ich bin ein Tier«, sagte ich. »Nicht mehr, aber auch nicht weniger.«

»Heyyyy, ihr zwei Schnuckel, ihr bringt mich echt runter mit euren miesen Schwingungen«, gurrte Tom. »Nehmt euch mal'n Pilz!«

»Blelb«, lallte Schalom.

Und ich wiederholte mit aller Überzeugung: »Ich. Bin. Ein. Tier.«

47

Wieder zu Haus

Tom und Schalom brauchten etwa zwölf Stunden, um aus dem lila Himmel wieder auf den Boden zu kommen. Aber so ist es eben, du kannst nicht ewig high bleiben. Was hoch steigt, muss auch wieder runter. Zugegeben, ich hatte wirklich lange den indischen Traum geträumt. Aber es ist nicht schlimm, dass Indien nicht so war, wie ich es mir vorgestellt hatte, dass das echte Indien und mein Traumindien schließlich nicht dasselbe waren. Ohne meinen Traum von Indien wäre ich nie irgendwo hingegangen, und ich hätte überhaupt keine Abenteuer erlebt. Darum denke ich auch, dass es nicht so wichtig ist, ob Träume irgendwann wahr werden, es ist viel wichtiger, dass man welche hat, damit man überhaupt mal anfängt, irgendwas zu tun.

Ich habe meine Erinnerungen an einem geheimen Ort auf Band gesprochen (Jamaika). Rechtzeitig zum Erscheinungstermin meines Buchs fliege ich wieder heim in die Vereinigten Staaten. Wir alle fliegen wieder heim.

Tom wird sich einen richtigen Pilotenjob suchen, und er wird versuchen, von Präsident Obama eine Begnadigung für Thanksgiving zu kriegen. Außerdem setzt er sich dafür ein, dass zu diesem Festtag zukünftig Tofu-Trut-

»Wir alle fliegen wieder heim.«

hähne auf den Tisch kommen. Es ist noch ein weiter Weg bis dahin, aber ich glaube, Michelle ist schon auf seiner Seite.

Schalom und Joe stehen wegen ihrer humanitären Arbeit im Nahen Osten auf der Shortlist für den Friedensnobelpreis, und es kann gut sein, dass sie ihn gewinnen. Allerdings muss Schalom erst mal ein paar Wochen zur Reha, seine Vorliebe für psychedelische Drogen hat in letzter Zeit etwas überhandgenommen.

Und ich? Ich will, dass ganz Amerika, die ganze Welt von meiner Reise hört. Ich will, dass ihr, Jungs und Mädchen, Männer und Frauen, Fauna und Ferkel, dass ihr alle lernt, was ich gelernt habe – dass es nicht richtig ist, wenn man verachtet wird, und auch nicht, wenn man angebetet wird. Wir sind keine Götter und Göttinnen, wir sind auch keine Teufel und Bestien. Ich weiß, dass die Natur ein blutiges Geschäft ist. Ich gebe Wolfsheim nicht die Schuld. Dass er uns essen wollte, liegt in seiner Natur, das muss er machen, um zu überleben. Und ich weiß, dass auch Wolfsheims Futter in Würde und Respekt leben kann. Dass man auf einer Farm ein paar gute Jahre haben kann, Kinder kriegen, und dann kann man jemanden anderes ernähren. Einen Tiger, zum Beispiel. Darin liegt eine einfache, kreisläufige Schönheit. Wie alle Kühe bin auch ich Vegetarierin, aber ich bin nicht so naiv, von einem Tiger zu verlangen, dass er dem Fleisch abschwört und Sprossen mampft.

Ich weiß, dass wir alle Tiere sind, und wir haben unseren Platz im Schoß von Mutter Natur. Aber ich weiß auch: Nicht alle von uns sind Tiger. Wir Kühe sind es nicht, und der Mensch ist es auch nicht. Nur der Mensch hat sich aus dieser großen Kette des Lebens und von allen anderen Tieren verabschiedet, und ich denke, das war zu seinem Schaden, es ist traurig für ihn und für uns. Aber er kann es ändern.

Deshalb kann ich nicht länger Teil der Herde sein.

Ich will, dass ihr mir zuhört.

48

Und nu, Kuh?

Das ist mein Glaube: Wir alle sind Tiere, vollkommene Tiere, erschaffen nach dem unendlichen Bild und mit der unendlichen Vorstellungskraft der Natur. Dieses Leben läuft nicht ohne Schmerz und Wettstreit und Leid ab, aber es kann ein Leben voll Würde sein und voll gegenseitigem Respekt. Ich weiß nicht, was uns erwartet, sobald Tom uns sanft auf dem JFK-Airport abgesetzt hat. Ein Willkommensjubel für eine Heldin? Ein Platz auf der Bestsellerliste? Hollywood? Komisch, aber nach alldem habe ich viel an Mallory gedacht und daran, dass ich vielleicht gern selber ein Kalb hätte. Ein paar Jahre auf der Weide mit ein paar Kindern, das kommt mir jetzt himmlisch vor. Aber das ist nicht drin. Jedenfalls noch nicht. Mein Schicksal war es, eine Geschichte zu erleben, und meine Verantwortung ist es, diese Geschichte zu erzählen. Ich könnte mir nicht mehr ins Gesicht sehen, wenn ich dieser Aufgabe nicht gerecht würde.

Die Landung steht jeden Augenblick bevor. Schaut mal, da oben – ist es ein Vogel? Ist es ein Flugzeug? Nein, es sind drei Underdogs, eine Kuh, ein Schwein, ein Truthahn, und wir kommen zu euch mit einer Botschaft:

Ihr, ich, die wilden Tiere, die Tiere zu euren Füßen, der Mensch direkt neben euch –

Wir alle sind eins.

Wir alle sind heilige Kühe.

MUUUUUUUUUUUUUUUUUUUUUUUUUUH

Von E. Bovary,
diktiert Herrn D. Duchovny (als Kuh-Autor)
Februar 2015

Anmerkung des Kuh-Autors

Mir ist zu Ohren gekommen, dass einige Aspekte von Elsies Geschichte nicht so ganz plausibel sind. Zum Beispiel, dass unsere drei Helden in ihrer Verkleidung tatsächlich für Menschen gehalten werden, dass Schalom einen Mohel findet, der ein Schwein beschneiden würde, dass ein Werbekamel sich über fehlende Höcker mokiert und selbst nur ein Dromedar ist und – das ist vermutlich das Unglaubwürdigste überhaupt – dass alle drei Interkontinentalflüge pünktlich starten. Ich kenne Elsie, vielleicht neigt sie wie alle Geschichtenerzähler ein wenig zum Ausschmücken, vielleicht lügt sie sogar so dreist wie die richtig guten Geschichtenerzähler. In der Schule habe ich gelernt: »Vertrau der Geschichte, nicht dem Autor«, und Sie, lieber Leser, möchte ich bitten, diese Großzügigkeit doch auch auf unsere Freunde aus dem Tierreich auszudehnen.

Vertrauen Sie der Geschichte, nicht dem Autor.

David Duchovny

Danksagung

Ich möchte Eleanor Chai danken, die daran glaubte, dass man aus meiner Idee ein Buch machen kann. Und Jonathan Galassi dafür, dass er es gelesen, daran geglaubt und mir geholfen hat, es zu verbessern. Miranda Popkey, die die Gabe besaß, tausend Fragen zu stellen, aber nie genervt hat. Maria Dibattista für die Zeit in Princeton. Disney und Pixar für die Ablehnung meiner Zeichentrickfilm-Idee. Was mich dazu gezwungen hat, ein Buch daraus zu machen, wie ein richtig großer Junge. Wenn auch erst viele Jahre später. Meinem Hund Blue dafür, dass er der beste Hund der Welt ist. Und meinen Kindern, die stets als Leser in meinem Kopf präsent sind. Alles, was ich schreibe, schreibe ich für sie; gestern, heute und morgen.